門外不出の最強ルーン魔術師

～追放されたので隣国の
王女と自由に生きます～

消し炭

ぶんか社

C O N T E N T S

プロローグ

「爆発三百枚。湧《わ》き水三百枚。発雷《はつらい》三百枚。木縛《もくばく》三百枚。土壁《どへき》三百枚……。よし、今日のノルマはおしまいっと。いやー、王様が代わったって聞いたけど、そのおかげなのか、随分《ずいぶん》俺の仕事も楽になったなぁ」

俺の目の前に積み上がったルーンの書かれた紙を見てそう呟《つぶや》く。

この紙にルーンを書くのが、ルーン魔術師である俺の仕事だった。

ルーン魔術は、物にルーン文字を刻《きざ》み付け、あとは魔力を通すだけで魔法に似た効果を発動《はつどう》する術だ。

少し前までは武器にルーンを彫《ほ》れだの、井戸にルーンを刻めだの、今日の仕事に加えてさんざんにこき使われたが、最近の仕事は紙にルーンを書くだけになっていた。

きっと新しい王様はいい人なんだろうなぁ。

いや、女王様って言ってたっけ。まぁ、どっちでもいいけど。

そんなことを考えながら、俺は部屋にあるソファ兼ベッドに寝転がる。

十五歳の時から、この城に軟禁《なんきん》されてから十年間。ずっと見てきた天井を見ながら、一息をつく。

楽になったのはいいけど、その分暇《ひま》な時間も増えた。そのせいか、最近は、いつか俺ももう一度、外の世界に出てみたい、と思いを馳《は》せることも多くなった。

外は今、どんな風になってるんだろ?

うつらうつらと、ソファの上でまどろんでいる時だった。コンコン、と部屋のドアがノックされる。

返事をする間もなく、ドアを開けて入ってきたのは城の兵士だった。

「ヴァン・ホーリエン。女王様がお呼びだ。」

「女王様が？」

「そうだ。変な動きをするなよ。ゆっくりとこっちに来い」

一体、女王様がなんの用だろう？

即位《そくい》したのは聞いていたけど、俺のことなんか気にも留《と》めてなかった気がするんだけど？　挨拶《あいさつ》も来なくていいって兵士さんから聞いてたし。

だけど、俺の仕事を減らしてくれた当の本人でもある。悪い人ではないんだろう。

「何をしている。早く来い」

「え、あ、はい」

突然のことにまだ事態《じたい》を呑《の》み込めていない割には体はすいすいと動いた。

兵士の前まで行くと、いつも通り、俺は両手に手枷《てかせ》をつけられる。

それから、兵士が俺の体をぺたぺたと触り何も持っていないのを確認すると、ようやく「行くぞ」と言われ、彼の後をついていくと、謁見《えっけん》の間の大きな扉の前に到着した。

「リューシア女王様。連れてまいりました」

「入れ」

大きな扉が開き、その奥には、見慣れただだっぴろい空間が広がる。

真正面の最奥《さいおう》には、つい数か月前まで王様が鎮座《ちんざ》していた大きな椅子がある。今は女王様が座っている。

その両脇にはずらりと、上等な服を着た貴族たちが並んでいた。

俺は女王様の顔がようやくはっきりと見えるほどの位置で、膝《ひざ》をつかせられた。

その凛々《りり》しさと美しさを兼ね備えた顔は、子供の時の面影《おもかげ》を残していた。

と言っても、一回会ってからはなぜか嫌われっぱなしで、彼女に会うこと自体久しぶりなわけだけども。

えっと、とりあえず女王様になってから初めて会ったわけだし、お祝いの挨拶をしたほうがいいのかな？

「女王様。この度は即位《そくい》――」

「黙《だま》れ！　誰がしゃべってよいと言った」

駄目《だめ》だったのか。

仕方なく俺は黙る。

よく見ると、王様の隣にいた宰相《さいしょう》も代わっていた。

俺の記憶では宰相は、頭がはげあがり、白髭《しらひげ》を蓄《たくわ》えた、腰の曲がったおじいさんのはずだが、王様と一緒に隠居《いんきょ》したのだろうか？

今、女王の隣にいるのはビシッとした礼服《れいふく》を着ているイケメン男だ。俺が着ているよれよれの服とはまるで違うが、間違っても交換してほしいなんて思わないくらいには堅苦しそうだ。

そいつは切れ長の目で、なぜか俺のことを珍獣《ちんじゅう》でも見るようなにやにやした顔で見ていた。そんなに俺って珍《めずら》しいかな？

「グラン王国七英雄が一人、ヴァン・ホーリエン！」

リューシア・グラン女王が肩書まで含めてご丁寧《ていねい》に俺を呼ぶ。

「今日をもって、お前をクビにするとともに、王都《おうと》より追放とする！　二度と王都に入ってはならない！　もし明日以降お前を王都で見かけたら、問答無用《もんどうむよう》で死罪《しざい》とする！」

「「え!?　いいんですか!?」」

謁見の間にリューシア女王の言葉が広がると、俺ともう一人、隣にいる兵士が驚いた様子で声をハモらせていたが、両脇にいる貴族たちと女王の隣で立っている新宰相のこれでもか、というほどの大きな拍手《はくしゅ》に俺たちの声はかき消されていた。

俺も両手が空いていたら拍手で賛同したいが、残念ながら手枷をされているので、それはかなわない。

さっきは思いもよらぬことに間抜けにも声を出してしまったが、そう言えば声を出すのもいけないんだったか。

仕方なく、俺は激しく頭を振って賛同《さんどう》する。

「な、何をしているお前は。なんだその奇怪《きかい》な動きは……」

奇怪……。何も、そんな風に言わなくても。あと、周りの人もそんな目で見ないで！

冷たい視線が痛い。

「そこの兵士。さっさとこの王宮からそいつを追い出せ」

そうだそうだ。早くやってくれ。この視線に耐えられそうにないんだ。

だが、悲しいかな俺の思いは通じず、俺をここまで連れてきた兵士は一歩前に出る。

「お、恐れながら申し上げます女王陛下！　なぜ、ヴァンを追放するのでしょうか？　こ、この方は先代こく――」

「黙れ！　お前ごときがわたしに口を利《き》けると思うなよ！　だが、今回ばかりは許してやろう。ヴァン。お前も、理由も教えられずに追放なんて納得できないだろう？」

いや、俺は納得してるから早く追放してくれないかな。できれば気が変わる前に。

「そいつはな、前国王、つまり、前国王デューク・グランと不正に結託《けったく》して、七英雄などと大層《たいそう》な役職について我が国の金を食い漁《あさ》る、金食い虫だったからだ」

「か、金食い虫、ですか？」

「そうだ。そいつは他の七英雄たちよりも、多額の給料をむしり取っている！　そうだろうヴァンよ！」

そうだったのか⁉

金なんて使う機会ないから知らなかった！

ってか、俺の仕事給料なんてあったんだ！

「ほらみろ。図星《ずぼし》で声も出まい」

「いや、図星っていうか――」

「黙れ！」

ほら、声出したら怒るじゃん。どうしろっていうんだ。

そんな俺の代わりに兵士が口を開く。

「ですが、このヴァンのルーン魔術は我が国になくてはならないものではありませんかっ」

おいおい。余計なことを言うな。女王の気が変わったらどうするんだ。

「そういう声も上がると、わたしはちゃんとわかっておった。入れ！」

俺が入ってきた大きな扉が開く。

そこから、入ってきたのは、女王様の隣にいる奴《やつ》と同じように、礼服をびしっと決め、金髪をがっちりと固めた男だった。

かなりのイケメンだ。いけすかない。あぁ、全く。いけすかない。

「紹介しよう。我が国の新しい宮廷ルーン魔術師、そして、新たな七英雄の一人、ガルマ・ファレンだ」

「おぉ！」と俺と貴族たちから歓声が上がる。

なんと！

『七英雄の一人』ということは俺の代わりをやってくれるのか！

「紹介にあずかりました、ガルマ・ファレンです。この度はこのような大役を賜《たまわ》り、大変光栄に思っております」

「どうだ？　そこのさえない男より華《はな》もあるだろう。それに、このガルマはそいつと違い魔法も使える。どれ、見せてやれ」

「はい！　『フレイム』！」

ガルマが魔法を唱えると、謁見の間に火柱が立つ。見事な魔法だ。

歓声が上がり、ガルマは満足そうに笑っていた。

「どうだ？　前線に立たず、王宮でルーンを書くしか能《のう》のないそいつとは違うだろう？　ヴァン、お前は魔法をほとんど使えないそうじゃないか。それに比べてガルマは、ルーンも書けるし、魔法も使える。お前を雇っておく意味はないのよ」

それは女王の言う通りだった。

俺は魔力が人と比べて少ない。魔法を使えるほどの魔力はない。

だから、魔力を少し通すだけで発動するルーン魔術師をやっているのだ。

「それに、このガルマはもちろんルーン魔術師としての腕も優秀でな。すでにそのヴァンの仕事を奪うほどの実力よ。武器や井戸、馬車などにもすでにガルマのルーンが使われている」

な、なんだと。すでに君が俺の仕事をやってくれていたのか。それは助かった。

よっ！　イケメン！　女たらし！　ナイス金髪！

脳内《のうない》で最大の賛辞《さんじ》を贈っていると、そのイケメンはなぜか俺を睨《にら》みつけてきた。

「おっさん。わかったか？　今時ルーンしか刻めねえなんて時代遅れなんだよ。大体、なんだあのルーン。よくあんな適当なルーンでちゃんと起動してたな」

「何？　こいつのルーンはまずかったのか？」

女王が聞くと、金髪イケメンのガルマはしたり顔で述べる。

「えぇ。そりゃあもう。何が書いてあるんだかわかったもんじゃありません」

「なっ！　金をむしるだけではなく、仕事も怠《なま》けていたのか！」

いや、怠けてはないんだけど、って言ったらまた怒られるんだろうなぁ。

それにしても俺はちゃんと仕事をしていたはずだが……。

「おい、おっさん。今回のお前の罰は追放だが、実質処刑みたいなもんだと思っとけよ」

い、いや、その二つは大きく違うだろ。

あと俺はおっさんじゃない。まだ二五。

そう思っているとガルマは続ける。

「お前みたいな適当《てきとう》なルーン魔術師なんざ、外に出りゃすぐに野垂《のた》れ死ぬんだからだよ。時代がちげえんだ。そんな適当なルーンで生きていける時代じゃねえんだよ」

な、なんだと。俺が城に軟禁されている十年の間に、俺のルーンでは生きていけないほどに世界は変わっていたのか。

解雇《かいこ》されてありがたいが、解雇されて当たり前だなこれは。

外に出て運よく生き残れたら、またルーン魔術を学び直そう。

「そういうことだ。話は終わりだ。さっさと連れていけ！　これ以上、何か言うなら、お前の首もないと思え！」

リューシア女王がそう言うと、もう何も言えなくなったのか、兵士君は仕方なく俺を城の外まで連れ出してくれた。

一章

王都から追い出された俺、行く当てもなく道沿いに歩いていた。

手枷を外してくれた兵士君は最後まで不安そうにしてたなあ。

「さてと、それはいいとしてこれからどうしようか」

あの後、すぐに王都から追い出されてしまったため、一文無《いちもんな》しだし、食い物も道具もない。これは本当に野垂れ死にかもしれない。

せっかく外に出られたのに、そんなことは避《さ》けたい。

「時代遅れとは言われたけど……。ないよりましだろう」

俺は道端に落ちている石を拾って【衝撃】のルーンを書きながら歩く。

石を石で削るようにルーンを刻むしかない今、王宮で作っていたような、【爆発】や【土壁】なんかの少し複雑なルーンを刻むのは難しい。

ルーン魔術は案外繊細《あんがいせんさい》だ。文字列を並べるだけじゃない。

丁寧さと緻密さの上に成り立つ神秘《しんぴ》の術だ。

これは師匠の教えで、今でも大事にしている言葉だった。

でも、それも時代遅れなのかなぁ。

そんなことを考えていると、【衝撃】のルーンを刻んだ石がすでにいくつもできていて、ポケットには収まりきらなくなっていた。

少々心もとないけどこれくらいが限度だろう。

当てもなく街道に沿って歩いていると、少し先で、馬車が横転しているのが見えた。

うわぁ。なんだろ。何かあったのかな？

いや、あったんだろうな。

近づくにつれて、少しずつその様子がわかってくる。

「え！」

目に入ってきたのは、血を流して倒れる人や馬。

これはただ事《ごと》じゃないって！

気付いて、全速力で走り出した。

「大丈夫ですか！」

そう声をかけても、反応はない。

目についた人は全員すでに息はなかった。

鎧《よろい》を着てるけど、グラン王国の兵士に支給されてる物とは違う。どっかのお金持ちの私兵とか、なのかな？

「う、うぅ。そ、そこに、誰かいるのか……」

死人しかいないと思われたが、呻《うめ》くような声が聞こえた。振り向くと、そこには腹から血を流し、横転《おうてん》した馬車にすがるように座る男がいた。

彼は震《ふる》える手を重たそうに上げて俺に向けていた。

駆《か》け寄ると、もう片方の手では腹の傷口《きずぐち》を押さえているようだった。血はドクドクと流れていて、すぐに危険な状態だとわかる。

「動かないで！　傷が深い。治療しないと！」

「お、おれのことは、いい。もう、たすからない。それよりも、アリシア様を、姫様、を、たすけに、いってくれ」

姫様？

この国の姫様はついさっき、女王になって俺を追い出したばかりだし、前国王のデューク・グランは子宝《こだから》に恵まれず、彼女一人しか子供はいなかったはずだ。

もしかして、この人は他国の兵？

って、そんなことを考えてる場合じゃなくて早く助けないと。

姫様っていうのがどこの誰なのかわからないけど、彼を見殺《みごろ》しにしていいはずがない。

「じっとしててね」

俺は彼の傷口の近くから、指先で血を掬《すく》い取る。

「な、なにをしている」

「俺はルーン魔術師だから。あなたの血をインク代わりにするけど許してください」

血もルーン魔術を使うためのインクになる。

しかも、生命力を多く含んでいるから、傷の治癒《ちゆ》には最適《さいてき》だ。

ルーンを書く際に乾《かわ》きやすいのと、大量に調達しにくいのが最大の欠点《けってん》だが、今はその欠点は気にしなくていい。

俺は彼の袖《そで》を破り、あらわになった腕に【治癒】のルーンを書く。

書き終え、魔力を通すと、ルーンが光を放ち起動する。

　俺たち二人は、静かにその光を見守っていた。俺はちゃんとルーンが発動したことに安心を感じながら、傷を負《お》った男は一体何が起こるのか、と虚《うつ》ろな目で見ていた。光は数秒で消えた。

　俺は男の顔を見る。少しだが、生気《せいき》が戻ったように見える。

「どう？　痛みはある？」

「い、いや、ない。腹を一突きにされて、致命傷《ちめいしょう》だと思ったが、ふさがっている。……すごいな。一体何をしたんだ」

　男は腹をさすりながら傷のあった場所を確認していた。

「ただのルーン魔術だよ」

「ただのルーン魔術？　ルーン魔術にこれほどの治癒力があったとは聞いたことがないが……」

「君の血を使って、直接肌に書いたからじゃないかな。ルーン魔術は、何を使って何に書くかって結構重要なんだ。」

「そ、そうなのか。初めて聞いたな」

　あれ？　もしかして、それも時代遅れなのかな。

　そう思うと、ちょっと恥《は》ずかしくなってきた。

「治してくれて感謝する。礼をちゃんとしたいが、早く奴らを追わないと……。うっ！」

「あぁ！　急に立ち上がらないでください。傷は治ったけど、血が足りてないと思います」

　ふらつく彼に肩を貸す。

「俺以外の奴は……」

「……。言いにくいけど、その。ここには、あなた以外には生きている人はいなかったです。一体何があったんですか？」

「……賊《ぞく》に襲われたんだ。それで、恥ずかしながらこのありさまだ。……無理を承知で頼みたいことがある」

「姫様って人を助けに行ってほしいってこと？　えっと、アリシア様っていうの？」

すでに賊の姿はない。姫様らしき人の姿も。

きっとさらわれたのだろう。

「あぁ。そうだ。と、言っても、どこに連れていかれたかもわからないが……。いや、本当に、無茶を言っているな。不意《ふい》を打たれたとはいえ、我々、ラズバード王国の騎士団をもってしてもこのありさまだ。道すがらに会った人に頼むようなことではないな。すまない。忘れてくれ」

「いえ、助けますよ」

「え？」

男は目を丸くして俺を見ていた。

俺は彼を地面におろし、横転している馬車に近づく。

「場所がわからないんですよね。早く探さないと」

「探すって言ったってどうやって、って何をしているんだ？」

俺はポケットから石を取り出して、魔力を通し【衝撃】のルーンを起動する。

投げてぶつけた物に強い衝撃を与える効果だ。

俺はそれを馬車の車軸《しゃじく》めがけて思いっきり投げた。

――バッゴォン！

「あ」

投げた石は車軸には当たらず、馬車ごと吹き飛ばしてしまった。

だが、お目当ての物は無事に馬車から外れていた。

車輪だ。

俺が円盤型《えんばんがた》のそれに【導《みちび》き】のルーンを書いていると、よろよろと男が近づいてくる。結構な出血があったと思うので、絶賛貧血《ひんけつ》中のはずだが……。彼はめちゃくちゃタフなようだ。

「それもルーン魔術か？」

「はい。そうです。車輪は人を導く物。探し物に使うには向いています。これに触れてください」

俺は車輪を地面に置き、彼にお願いする。

「姫様を強く意識して、魔力を通してください。そうすれば、車輪が導いてくれます」

「わかった。やってみる」

彼の手つきは半信半疑《はんしんはんぎ》だった。

だが、念じて、魔力を通すと、車輪の中心部から、まるで俺たちを導いてくれるように光が伸びた。

時代遅れでも、こういったことにはちゃんと役立つ。

「この先に、アリシア様が……？」

「はい。恐らくは」

指す先は森の中だ。身を隠すにはちょうどいいだろう。

「俺が行きます。あなたはここで休んでいてください」

「ま、まて、俺も……。お、うおっ……」

そう言って立ち上がろうとするが、やっぱりふらふらだ。

「ほら、無理しないでください。急ぐんでしょう？　俺一人で行ったほうが早いです」

「ふっ。どうやら、そのようだな。なぁ、どうしてここまでしてくれるんだ？　言っておくが危険な相手だぞ。それに、君と俺は今日会ったばかりなのに」

「危険かどうかも、今日会ったばかりかどうかなんてのも、関係ありませんよ。困っている人がいたら助けるのがルーン魔術師ですから。って、俺なんかの時代遅れのルーン魔術じゃ、役にも立たないかもですけど」

「時代遅れ？　君がか？」

「あはは……。そうみたいです」

「君が時代遅れ、か。グラン王国のルーン魔術はすさまじく発展しているんだな。武運《ぶうん》を祈っているよ。姫様を、頼む。それと、これを貸そう。見たところ君は丸腰《まるごし》だ。ないよりましだろう」

彼は腰に差している剣を俺に渡してくれた。

ずしりと重い感覚が俺の腕を襲う。

貸してくれるのは助かるんだけど、これは後で【軽量《けいりょう》】のルーンでも書いとかないと俺はちゃんと振れないなぁ。むしろこちらが振り回されそうだ。

「ありがとう。やるだけ、やってみます」

そうして、俺は車輪の光の指す先へと向かっていった。

＊

森に入るなんていつぶりだろう。

城に軟禁される前は、修行《しゅぎょう》と称《しょう》して各地を回らされた。

砂漠、火山、氷河、荒野、草原、もちろん森も。

その中でも、特に森は好きだった。

木、葉、石、水、土、動物、昆虫、その他いろいろ。本当に様々なルーン魔術を使うための道具が揃《そろ》ってるのだ。

何も準備をしていなくても、森でなら十全に力を発揮《はっき》できる。

俺のルーン魔術は時代遅れらしいし、森じゃなかったらもっと心細かっただろう。

俺は適当な虫をひっ捕まえて、拾った枝で小さくルーンを刻む。

【魔力探査《たんさ》】のルーンと【感覚受信《じゅしん》】のルーンだ。

魔力探査は近くの魔力反応を感じ取ることができ、それを感覚受信で俺に教えてもらう。

数体の虫に同じことを繰り返し、森に放つ。

「うっ……。でも、これ、ちょっと気持ち悪くなるのがやっぱ難点だなぁ」

複数の感覚を共有することによって起きる、酔《よ》ったような気持ち悪さを耐えつつ、俺は貸してもらった剣を抜く。

指先に少しだけ刃を当てて、血を流す。その血で、剣に【軽量】と【鋭利《えいり》】のルーンを刻む。他にも刻みたいルーンはあったが、この剣の材質がわからない以上無茶なルーンをつけられない。

一つの道具に多くつけすぎると、道具のほうがルーンの発する魔力に耐えきれず崩壊《ほうかい》してしまうのだ。

さてと、早く見つかってくれればいいのだが。

車輪が指していたのは間違いなくこの森の方角だった。ただ、もしかしたら森を抜けた向こう側ということも考えられなくもない。

流石《さすが》にそうだったらどうしようもない。

だけど、そんな不安を取り除く感覚が、俺の体に走った。

魔力反応！　それも、かなり多いな。

十数人は固まって歩いているのか？

俺は急いで魔力の反応があった虫の方に向かって森の中を駆ける。

「んん～～～～～～！」

くぐもった声が聞こえてくる。俺は虫との感覚共有を切り、木の陰《かげ》に身をひそめた。

「いい加減黙りやがれ！　全員殺したんだ。もう助けは来ねえよ！」

「そうそう。あきらめて俺たちといいことしようぜぇ」

「馬鹿野郎！　無傷《むきず》で連れてこいって依頼だ！　手を出した奴はただじゃおかねえからな」

その口ぶりからすると、姫様という人は無傷だろう。よかった。

少しの安心感を抱きながら様子を窺《うかが》う。

木々の隙間から数人の男の後ろ姿が見えた。そこに姫様とおぼしき人物の姿はない。

姫様は恐らくもっと前にいるだろう。だったら、とりあえず、後衛《こうえい》をつぶそう。

俺は敵の足元に向かって、【衝撃】のルーンを刻んだ石を思いっきり投げつけた。

――――ドゴォオオオン！

石は地面を抉《えぐ》り、強烈《きょうれつ》な音を立てる。それと同時に、何人かの敵を吹っ飛ばした。

「な、何が起こった！」

「敵だ！　さっきの騎士団かっ？」

「何!?　全員殺したはずだろ！」

「わ、わかんねえけど！　後ろを歩いてたヤツ三人がやられた！　どうするんだ！」

敵が騒ぎ出すと同時に俺はまた木に身を隠す。

静かになり、お互いが様子を見やる。

「おい！　後ろの二人！　見てこい！」

指示を出しているのは恐らくリーダーか何かだろう。彼の言葉通り、二人ほどこっちに向かってくる足音が聞こえる。

そのままこっちに来てくれ。

まだ俺がルーン魔術師だとはバレていないはずだ。

不意打ちなら、いくら時代遅れでも通じるはずだ。……通じるといいな。

そんな願望《がんぼう》を抱いていると、二人の男が警戒しながらさらに近づいてくる。だけど、警戒しているかどうかは、あんまり関係ない。

身を隠している木に、石で【木縛】のルーンを書き、……、二人がさらに近づいてきたところで……、発動！

「なっ！」

「なんだぁ！」

と、叫んでいる間に、ルーンが光り、ルーンの効果により木から伸びた枝が二人をがんじがらめにして、木に張り付ける。

その枝の伸びる速さに二人は身動きもできていなかった。

ルーン魔術師は罠を張って待ち構える分にはまず負けることはない。ルーンさえ準備できていれば、その発動速度は魔法よりも速い。

「ぐわ！　つ、捕まった！」

「助けてくれ！」

そこで、俺は二人の前に姿を現す。

「て、てめえがやりやがったのか！」

「敵は一人だ！　恐らく魔術師か何かの類《たぐい》だ！　接近しちまえば怖くねぇ！　全員で囲んでくれ！」

その声を聞いた他の奴らがこちらに走ってくる。

俺はそれを待っていた。

よかった、俺をただの魔術師と勘違いしてくれて。

十人近くの賊がこっちに向かって走ってくる。

俺は、地面に【陥没《かんぼつ》】のルーンを書き起動する。ルーンが光り、地面が蠢《うごめ》く。

「おい！　お前ら、下がれ！　何か仕掛けてやがる――」

誰かが気付き、叫《さけ》ぶが、もう遅い。

地面は大口を開けて、賊の多くを呑み込んだ。

「「うわぁあああああ！」」

彼らはしばらく上がってこれないだろう。俺は落ちずに残った賊たちに向き直る。地面にできた大穴を回って左右から二人の男が剣を抜いて俺に走り寄ってきていた。

二人を同時に相手にはしたくないな。

俺は即座に地面に【土壁】のルーンを書き起動する。左側に土が盛り上がり、壁ができる。少しは時間が稼げるはずだ。

「死ねえ！　くそ魔術師がぁ！」

右側から来た男は剣を抜き、振り下ろしてきていた。

俺も咄嗟《とっさ》に剣を抜いた。

――キンッ！

「えっ？」

俺が剣を振りぬくと、男はそんな間抜けな声を上げていた。

そして、彼は自分の持つ剣先をじっと見ていた。

その剣は、きれいな断面を作って上半分が消えていた。

そう、俺が斬ったのだ。これがこの剣に刻んでおいた【鋭利】のルーンの効果だ。同じような硬さの素材でできている物なら簡単に斬り飛ばせるほど鋭くなる。

俺はそのまま茫然《ぼうぜん》としている男を大穴に蹴《け》り落とす。

「うわぁあああああああああ」

「てめえ！」

後ろから、土壁をようやく回り込んできた男が剣を構えて突っ込んでくる。俺は振り向かず、ポケットから【衝撃】のルーンを刻んだ石を取り出し、手首のスナップで後ろに投げる。

――――ドォン！

ルーンの書かれた石は地面に着弾《ちゃくだん》すると、また地面ごと男を吹き飛ばした。

「てめぇ……。何者だ……。魔術師か？」

大穴の向こうで、俺の戦闘をずっと見ていた男がそう言った。大岩のような巨漢《きょかん》の男だった。

そいつの腕には、女の子が抱えられていた。口にはさるぐつわがされており、縄で縛られている。

恐らく彼女が『姫様』なのだろう。

「うーん、正直には言えないよね。敵だし」

「はっ！　まあそうだよなぁ！」

「一応聞くけど、そのお姫様を放してくれるっていうなら俺は何もしないんだけど。君たちを倒せとは言われてないし」

できればそっちのほうがいい。

実際、不意打ちがうまくいって彼らは倒せたけど、俺の時代遅れのルーン魔術が真正面きって、あのボスっぽい人に通じるかは正直わからないし。実際手の内は大体見られてしまっただろう。

「へっ！　馬鹿言え。一応言っとくが、ここまでやられて見逃すほど俺は甘くねぇからな。俺をそいつらと同じ雑魚《ざこ》だと思うなよ。死んで後悔するんだな」

そう言って、男は縛られた姫様を地面に投げ出して、こちらに近づいてきた。

その姿は自信ありげに見える。でも、なんかあいつが剣を構えて歩いてる姿、あの七英雄のカイザーより弱そうなんだよなぁ。

俺は王宮でたびたび絡《から》んできたカイザーという一人の剣士を思い出していた。

そいつは、俺とは違って城に軟禁されていたわけじゃなくて、基本的には騎士団長として戦地に行っていた男だ。

部下にもよく慕《した》われていたらしく、王宮でも大体部下と一緒にいた。俺？　ぼっちでしたけど何か？

それに、たまに帰ってくると、運動に付き合えとか言って剣で斬り付けてくるくそ野郎だ。

あ、思い出してきたらだんだん腹が立ってきた。なんだって剣士でもない俺があいつの運動に付き合ってやらないといけないんだ。部下とやれよ。ぼっちだからってかまってほしいわけじゃないんだからな。

「随分と余裕そうじゃねえか。死ぬ覚悟はできたか？」

あぁ、今はこいつだっけ。

「まだ、死にたくはないなぁ。せっかく外に出れたばっかだし」

「まぁ、覚悟ができてようができてなかろうが、関係ねえがなぁ！　【瞬刃《しゅんじん》】」

男が使ったのは剣士スキルの一つだった。

速度を重視した一撃。

の、はずだけど、
確かに、さっきの男たちよりは速いけど、それでもカイザーよりも遅い。

俺は男の剣をめがけて、剣を振りぬいた。

――キンッ！

「あっ？」

さっきの男と同様に、剣先がなくなってしまった剣を見て、男はそんな声を上げた。

俺と男の間に、少しの沈黙が生まれる。

「……えっと、じゃあ、そういうことで」

俺はその男も大穴に向かって蹴り飛ばした。

「うわぁあああああああああ！　いってぇ！」

大穴からは男たちの騒ぐ声が聞こえてくる。壁をよじ登ってこようとしてるけど、土が軟らかいようで滑《すべ》って落ちてはまた登ろうとしている。まるで亡者《もうじゃ》みたいだ。あの様子では、当分上がってこれないだろう。

「ふぅ……。よかったぁ。俺のルーン魔術も、時代遅れでも捨てたもんじゃないなぁ。さてと、あいつらが上がってこないうちに、姫様を連れていかないと」

と、姫様の方を向くと、芋虫《いもむし》のように身をよじってどうにか移動しようと試みていた。たくましいというかなんというか。

俺が彼女に近づくと、少しおびえた風にも見えたけど、さっきの奴らとは違うと気付いたのか、すぐにじっとしてくれた。

さるぐつわを取り外して、縄を切る。

「よし！　これで、大丈夫。じゃあ、行こう――」

言おうとした瞬間。

「助けていただいて、ありがとうございます！　う、うぅ。怖かったです。うわあああああん」

「う、うん。お、落ち着いてって……うわぁっ！」

俺は泣きじゃくる彼女に抱き付かれた。俺は勢いのまましりもちをついて、彼女に馬乗りにされるような体勢になった。

女の子の柔かい感触に俺は完全に動揺《どうよう》してしまっていた。

「ちょ、ちょっと離れてくれないかな……」

「うう。助けていただいてありがとうございますううううう。うわあああああん」

その小さな体を俺に押し付けるように泣きじゃくり、俺の声なんて聞こえていないようだ。俺はといえば、触れてもいいのかもわからなくて、両手を空中で遊ばせていた。

い、一体どうすればいいんだ……。

＊

俺は城に軟禁されていたこともあって、これまでの人生で、女の子と接点を持つことはほとんどなかった。

そんな童貞《どうてい》ルーン魔術師が挙動不審《きょどうふしん》になりながらも、泣き出した姫様をどうにかなだめたのは褒

めてもらいたいね。

賊たちはあの場を離れる前に、【木縛】のルーンを応用して大穴をふさぐように木で蓋《ふた》をしておいたから、死にはしないだろうが、今すぐ穴から這《は》い出て追いかけてくるのは無理だろう。凶暴な魔物なんかに襲われなければいいが。まぁ、その場合は天罰《てんばつ》ということで大目に見てもらいたい。

姫様と一緒に森から出て、あの他国の兵士のところまで連れていく。

「アリシア様！」

「ディアン！　本当に生きていたんですね！」

姫様からディアンと呼ばれた兵士は、俺たちに気付いて走ってこっちに寄ってこようとしていたが、すぐにふらついて、膝をついていた。

あぁ……。無理をするから。

「ディアン。すごいケガをしてますよっ！　大丈夫ですかっ！」

「大丈夫です。ケガのほうはふさがっています。彼が治してくださいました。ですが、部下たちが……」

「そう、ですか」そう言ってから、姫様は俺の方を向いた。「本当に、なんとお礼を言っていいのか。あの、お名前を伺ってもいいですか？」

「そう言えば、名前を言ってなかったね。俺はヴァン・ホーリエン。えっと、俺も聞かせてほしいんだけど、君たちは？」

「わたしは、ここから西にある国、ラズバード王国の第三王女、アリシア・ラズバードです」

彼女は長い桃色の髪を揺《ゆ》らしてそう言った。

どうやら王女様だったらしい。

まぁ、わざわざ姫様なんて呼ばれてるしそうだよね。

さっきまでそんな余裕なかったけど、なんか意識してみると、容姿《ようし》もめちゃくちゃ整っている気がする。琥珀色《こはくいろ》の瞳《ひとみ》は丸く大きく輝いて見ているこっちの心が安らぐような温かみを感じさせる。小さな鼻も薄い唇も可愛《かわい》らしく、童話のお姫様がそのまま出てきてしまったんじゃないかって思わせる。

泣きじゃくっていた時はただの女の子のようだったけど、落ち着いてからはどことなく気品《きひん》も感じられて、『姫様』というのにもなんとなく納得がいく。

あぁ、それにしても王族か。逃げたくなってきたな。

「俺も自己紹介が遅れたな。俺は、ラズバード王国騎士団所属、第三王女近衛《このえ》騎士隊の隊長、ディアン・ウェズマだ。この度は、力添《ちからぞ》え、本当に感謝する。君がいなかったら、俺たちは……」

隊長ってことはこの人も結構偉い人だったのか。

無精髭《ぶしょうひげ》に、鋭い目。改めて顔を見ると結構怖い顔をしている。だけど、なんとなく親近感とか、面倒見《めんどうみ》のよさも感じる。

「いえいえ。困っている人を助けるのは当たり前です。それよりも、助けるためとはいえ、馬車を壊してすみません。あと剣をお返しします。貸してもらって助かりました」

一応借りていた剣なので、自分がつけたルーンは拭《ぬぐ》って消しておいた。

「そうか。役に立ってよかったよ。馬車は気にするな。もとより馬も殺されている。どのみち置いていくしかなかったさ」

「そうですか。では、これで」

さて、用も済んだしさっさと行こう。王族なんて関わってたらろくなことにならない。十年間、王宮に軟禁されていた俺の勘《かん》がそう告げているんだから間違いない。

「お待ちください！」

背に投げられた言葉に思わず立ち止まる。

あぁ、なんで俺はこういうのを無視できないんだ。

「な、なんでしょうか……」

「まだ、お礼ができていません！」

「い、いや、そういうのは――」

「そうですね。アリシア様。命の恩人に礼もしないとなれば、俺たちの沽券《こけん》にも関わります。ヴァン殿、ぜひ、我が国に招いて礼をさせていただきたい！」

「う、うーん……」

正直、ほっといてほしい。

「で、では！　依頼をさせていただきたい」

「い、依頼？」

「あぁ。あなたは見たところ、冒険者……？　なのか？」

ディアンは俺の服装を見てそう予測したのだろう。

でも確か、冒険者は冒険者ライセンスがいるって聞いたことあるし、多分俺は冒険者と名乗ってはいけないだろう。

強《し》いて言うなら、

「いや、無職の旅人？　かな？」

俺がそう言うと、二人の顔が少しほころんだ。

「ふふ、無職の旅人か。では、どうだろう。俺たちの護衛をラズバード王国まで引き受けてくれないだろうか？　もちろん礼とは別に報酬《ほうしゅう》も払う。俺もこんな状態で、賊に襲われたばかりだ。ラズバード王国までは二週間、いや、馬もいない今もっとかかるかもしれない。その間、俺一人でアリシア様を守り切れる自信が正直に言うとないんだ。だから、あなたの力を貸してくれないだろうか」

「わたしからも、どうか、お願いします！」

うーん、確かに。このまま彼らを放っておいても、それはそれで不安だなぁ。

それに、困っている人を助けるのが、ルーン魔術師だしなぁ。ま、俺みたいな時代遅れが役に立つかどうかはわからないけど。

「じゃあ、一つお願いがあるんですけど」

「なんでしょうか？　なんでも仰《おっしゃ》ってください」

「あの……。軟禁はしないって約束してくれるなら……。いいですよ」

「「な、軟禁？」」

二人は、なんだそれって、感じで目を丸くしていた。

＊

結局、俺は二人について、ラズバード王国まで護衛をすることにした。

時代遅れなりに精一杯頑張《せいいっぱいがんば》ろう。せめて足手まといにはならないようにしないと。

賊に襲われて亡くなったディアンさんの部下たちを弔《とむら》ってから、俺たちは西を目指して歩いていた。馬車は俺が壊してしまったのだけれど、馬も殺されていたので、どのみち置いていくしかなかったようだった。

「あの、ヴァン様」

突然、呼ばれたことのないそんな呼び名で呼ばれるので体が跳ねるほどに驚いた。

「ヴァ、ヴァン様!? や、やめてくださいよ。ヴァンでいいですよアリシア様」

しかも、王女様からそんな風に呼ばれるのだ。心中穏やかではない。

それに、自分で言うのもなんだが、様で呼ばれるほどの人間ではないのだ。断じてない。

「では、わたしのこともアリシア、と呼んでください！」

「え、えぇ！ それは……」

できないでしょ。だって王女様だよ？

どう対処すればよいのやら。助け船を求めてディアンさんを見る。

彼はふむ、と顎《あご》を一回だけ撫《な》でると、その無骨《ぶこつ》な顔立ちからは想像できないほど柔らかく笑った。

きっと何かしらの対処をしてくれるだろう。流石に、自国の王女様が、どこの馬の骨かもわからない男に呼び捨てなんてされていいはずがないのだ。

「では、俺のこともディアンと呼んでくれ」

「なんでそうなるの！」

思わず叫んでしまう。

「それは当たり前ではないですか」

と、アリシアが言う。

「わたしたちは、ヴァン様がいなければ、今頃命があるかどうか、という危機的状況でした。ヴァン様はわたしたちにとって、神様と言ってもいいほどなんです。ですから、わたしたちがヴァン様を呼び捨てにするなら、ヴァン様もわたしたちのことを呼び捨てにしてもらわないと」

どうしても引き下がらないという意思を俺に見せる二人。

もうどの方向に折れればいいのかわからない俺の心は、あきらめ方向にぽきりと折れた。

「うぅ……。わ、わかりました」

「決まりですね」

アリシアがその唇できれいな弧を描いて笑った。

その可愛らしい笑顔に、俺は不覚にもドキッとしてしまい、慌てて目をそらした。

「ヴァン？　大丈夫ですか。少し顔が赤いような」

「だ、大丈夫！　なんでもないよ」

「そうですか。あの、ヴァンのことで聞いてもいいですか？」

「どうしたの？」

「どうしてヴァンは無職の旅人を？　ヴァンほどの力があれば、無職になんてなるとは思えないのですが」

「確かに、それは俺も気になりました姫様。ルーン魔術……。俺が死を覚悟したほどの傷を一瞬に治し、しかも、姫様を見つけ、本当に救い出してしまう……。それほどの力を持ちながら、冒険者でもなく、どうして無職の旅人なんてやってるんだ」

ディアンも不思議そうにしている。

「あー、えっと、それはね……」

確かに、事情は話しておいたほうがいいのかもしれない。

そう思って、俺は歩きながら二人に話を聞いてもらった。

十五歳の頃から王宮で十年間ルーン魔術師として働いていたこと。

その間、王宮から一歩も出ることができず軟禁状態にあったこと。

つい最近、俺の代わりの新しいルーン魔術師が見つかり、しかも、金なんて使う機会もなかったのに、前国王と結託をして高給を取っていると身に覚えのない罪に問われ、王宮から追放されたこと。

そんなことを話した。

話し終わると、アリシアは肩を震わせて、声を荒らげた。

「そんな……。ひどすぎます！　自由を奪ってまで働かせて、いらなくなったら罪を着せて放り出すなんてっ！」

アリシアは本気で怒ってくれているようだった。

俺はなんだかそれだけで少しうれしかった。

「でも、久々に外に出られて俺はよかったよ」

「ヴァンがそう思っているならわたしたちに言うことはありませんが……。それでも、大変ではなかったですか？　十年間も、王宮から出ずに働きづめなんて」

「大変……。うーん、大変かぁ。確かに最初は大変だったかも。三年ぐらい経《た》っちゃったら、普通に思えてしまったんですけどね。まあ、俺のことはそんなところです。それで、アリシアさ……とディアン……はどうしてここに？」

聞くと、ディアンが無精髭を撫でながら答える。

「ああ、俺たちは、グラン王国の国王が代わったって聞いて、即位のお祝いに来てたんだ。外交の一つだな。それで一通りやることが終わり、今から帰ろうってところで襲撃にあったんだ」

なるほど。

うーん、でもそれって。

「狙われてたってこと？　そう言えば、あの賊たちも依頼がどうとか言っていたような気がするな……。あ、もしかして、逃がしちゃダメだったのか」

しまったな、と思ったが、ディアンは首を横に振っていた。

「いやいや、アリシア様を助けてもらっただけで頭が上がらねえのに、そこまでヴァンが気にする必要はないさ」

「……。そっか」

でも、心には留めておこう。護衛をやるからには、適当な仕事をする気はないし。

「それにしても、即位のお祝いって、王女様が来るんですね。俺は王様が来て、王様同士で話すものかと思ってました」

そう聞いた途端、二人は立ち止まった。

「あ、それは……」

「アリシア様……」

アリシアが少しうつむいて、それをディアンも心配そうに見つめている。

何か聞いちゃいけないことだったかも。うぅ……。王族怖い。とにかく、謝《あやま》っておこう。

「ご、ごめんなさい。あの、気にしないでもらえたら――」

「いえ、これから護衛をしてもらうなら、知っておいてもらったほうがいいです。なんで、国王であるお父様ではなくて、わたしがここに来たかを」

アリシアは俺に向き直る。俺はといえば、顔を背けてしまいたかったが、そうしたくても、できないほどアリシアの顔は真剣だった。

「本来なら今回は、お父様が行くべきだったんです。でも、わたしたちの国はグラン王国ほど裕福じゃなくて、お金をかけて大勢の兵士を動かしてお父様を護衛するのは難しかったんです。だから、代わりにわたしが来たんです」

「でも、それにしたって、護衛が少なくない？　だって、さっき弔った兵士が三人。それに隊長のディアンで、四人しかいないっていうのは」

国王ほどじゃないにしても、もう少し護衛をつけるべきだろう。

こんなの、まるで――。

「わたしは、ラズバード王国にとって死んでもいい存在なんです」

俺が思いかけたことよりも、もっとひどい言葉で、アリシアが口にした。

俺は何も言えなかった。

「わたしの国では、王族には強さが求められるんです。だから、魔力の少ないわたしは、王族にとって必要がないんです。だから、都合のいい政治のコマとして、使われているんです」

何も言えずにいると、彼女は俺の手を取った。温かくて、柔かい感触が俺の手を包む。

「わたしの魔力を見てください」

魔力を見る。相手の体に触れ、自分の魔力を少し流し合うことで、お互いがどれくらいの魔力を持っているかを知ることができるのだ。

お互いに魔力を流し、お互いの魔力を確認する。

彼女の言う通り、魔力は少なかった。

「本当だ。魔力が少ないね」

でも、それだけで、必要がないなんて。そんなのひどすぎるじゃないか。

俺がそんなことを思っている横では、アリシアは驚いたような顔をしていた。

「あ、あの……。ヴァンも、魔力が少ないんですね。わたしと、同じくらい……」

「驚いた？」

「はい。だって、あんなに強かったのに、なんで……」

「ルーン魔術に魔力の多さはほとんど関係ないんだ。起動するためにちょっと魔力があれば、それで足りるんだ」

「あ、あの！　それは、わたしにも使えるのでしょうか？」

「努力次第、じゃないかな？」

アリシアが目を見開く。驚きと期待に満ちた、キラキラした目だった。俺はまたその目に少し見《み》惚《と》れてしまう。

「教えていただくことは、できないでしょうか？　護衛中だけでいいです！　お願いします」

「うーん、俺のルーン魔術は時代遅れらしいんだけど、それでもいいの？」

そう言うと、アリシアの顔がパッと花咲《はなさ》く。

「はい！　お願いします！　ヴァン師匠！」

師匠。そう言われて、少しムズムズする。なんだか、恥ずかしいような、うれしいような。俺が初めて師匠のことを師匠って呼んだ時も、師匠はこんな気持ちだったのかなぁ。

「じゃあ、時間がある時に、少しずつ教えるよ。あと、師匠は付けなくていいよ」

俺にはまだ似合いそうにないしね。

「ありがとうございます。ヴァン！　大好きです！」

「うん。……って、うわぁ。アリシアっ？」

アリシアが勢いよく抱き付いてくるから、俺はよろめいて、しりもちをついてしまった。

柔かい感触に抱かれながら、上を見ると、そこにはディアンが立っていた。

やば。怒られるやつじゃん。ただ、俺に抱き付いてくるアリシアを俺はどう扱えばいいのかわからなかったから、ディアンがなんとかしてくれるだろう、と、ほっと安心もしていた。

だけど、彼の反応は違った。

「ヴァン！　そのルーン魔術、俺にも教えてくれないか！」

それよりも、この状況をなんとかしてくれないか？

＊

ぱちぱちと、俺の目の前で焚火《たきび》が燃えている。夜空には雲がかかっていたが、雨が降りそうな様子はなかった。護衛の依頼を受けて二日目の夜だった。

「明日の昼には、カフラに着くだろう」

ディアンがそう言って焚火の前に腰を下ろした。

カフラというのは街の名前だ。

王都ほど大きい街ではないが、それなりに大きい街らしい。もちろん、俺が行くのは初めてだ。

「食い物と、あと服も買い替えないとな。何者かに狙われているとわかった以上、この服で移動し続けるのもな」

「うん。そうだね」

確かに二人の服は汚れてはいるが、上等なつくりをしていることは簡単にわかる。

特にアリシアの服なんて、やんごとなきって言葉がぴったりなくらいに、細部までこっている。

このまま移動するとなると目立つのは必然だろう。

「それにしても、ルーン魔術師はなんでもできるんだな。姫様も助けてきちまうし、火もおこせるなんて。魔法師が泣くんじゃねえか？」

「あはは。なんでもはできないよ。火をおこせるといっても、ルーン魔術では何もないところからは火をおこせません。燃える物に【発火】のルーンを書いてようやく炎を出せます。魔法師はその身一つでいろいろできますけど、ルーン魔術師はちゃんとした準備をしていないと実力を発揮できませんから」

「そうなのか。意外だな。ヴァンを見ていると、なんでもできそうな気がするのにな」

「あはは。まさに気のせいですよ」

俺が笑うと、ディアンも小さく笑った。

「さて、そろそろ休もうか。昨日は俺が先に休ませてもらったからな。今日は先に休んでくれ」

俺とディアンは見張り番を交代でやることにして、昨日は俺が先に見張りをしたのだ。

だから、今日はディアンが先にかって出てくれた。

「じゃあ、そうさせてもらいます」

「アリシア様もそろそろお休みになられたほうがいいでしょう」

ディアンが声をかけた先では、アリシアが地面を見つめてうーん、うーんと唸《うな》っていた。

「い、いえ。もう少しだけ……。うーん」

アリシアが見つめる地面には、彼女が書いた【発芽《はつが》】のルーンがあって、その上にちょこん、と親指ほどの小さな芽《め》が出ている。

俺がアリシアに教えた最初のルーンだ。

効果は、植物の芽が出るだけというもの。初歩中の初歩で、特殊な環境じゃなかったらどこでも練習できる。俺が師匠に初めて教えてもらったのも【発芽】だった。

ちなみに、ディアンにも教えたのだが、彼が書いたルーンは発動すらしなかった。

結局、「俺は大人しく剣の腕を磨くよ」と言ってあきらめてしまった。

アリシアが発動できたのは才能もあると思うが、何がなんでもできるようになってやるという思いの強さだろう。

まるで、十年前、俺が初めてルーン魔術を教えてもらった時のような集中力をしているのだ。でも、ディアンの言う通りちゃんと休んだほうがいいと思う。

「アリシア。ディアンの言う通り、そろそろ休みましょう」

「うぅ……。わかりました。明日も教えてくださいねヴァン」

「はい。任せてください」

そう言ってから、俺は横になる。

アリシアは立ち上がると、こっちまで歩いてきて、俺にくっつくように丸くなった。柔かい髪が俺の顔をくすぐる。俺は慌てて起き上がった。

「あ、アリシアっ⁉　な、何をしてるの！」

「何って？　休もうと思ったのですが」

「い、いや。これは流石に――」

「だって、ここが一番安心できます」

満面の笑みで彼女はそう言った。

「安心できるって言っても」

これはどう考えてもまずくないか？　いや、まずい。

何もする気はないけど、これにはディアンも――、

「確かに。いい考えですアリシア様」

もう知らない。

アリシアが俺にしてくることでディアンに頼るのはやめよう。

決めた。今、決めた。

ディアンが頼りにならないとわかった今、俺が自分で言うしかない。

「アリシア。ディアンはああ言ってるけど、俺はやめたほうがいいと――」

「すぅ……」

すでに寝息《ねいき》を立てていた。

なんて寝つきがいいんだ。

「ヴァン。静かに、アリシア様が起きてしまいます」

ディアンは小声でそんなことを言ってくる。

何を言ってるんだこいつは。

呆《あき》れてため息をつく。俺が起こさないように移動しようとした時だった。

「ヴァン」

ディアンが小声で、でも少しだけ真剣な声で俺の名前を呼んだ。焚火に照らされるその目も、まっすぐに俺を見据えていた。

「姫様は、魔力が少なく、そのせいで、王宮でも少し冷たい扱いを受けていました。と、言っても王族ですからそれほどひどいものではなかったのですが、アリシア王女のお兄様やお姉様は優秀な方で、あの方たちと比べると、その冷遇《れいぐう》は露骨なほどでした」

急になんの話だろう。俺は頷《うなず》くこともせずに聞き続けた。膝元ではアリシアは気持ちよさそうに寝息を立てている。

「それを、アリシア様も感じ取っておられたのです。それから、ふさぎこみがちになり、笑うこともなくなりました。せめて国のために何かをしようと、辛《つら》そうにお勉強をされる毎日を送っておれました。俺は、うれしいんです。久しぶりに、アリシア様のあんな笑顔を見ることができて。この二日間、アリシア様は本当に楽しそうにしていました。ありがとうございます、ヴァン殿。これも全てあなたのおかげです」

アリシアに、そんなことがあったのか。

膝元で、気持ちよさそうに寝息を立てている彼女からは少し想像ができなかった。少しだけ、感《かん》傷《しょう》的になってしまう。

うん？

でも、

「今あんまり関係なくない？　アリシアがこんな近くで寝るのはいいの？」

ディアンはニッと笑い、いつもの声のトーンに戻った。

「大丈夫だ。ヴァンは変なことをする人間じゃないと俺はこの二日でわかった。それならアリシア様のしたいようにやらせてあげたい。それに」

「それに？」

「ヴァンならいいんじゃないか？」

いいわけあるか。こいつを近衛騎士隊長にした奴は何かミスってるんじゃないか？

それから、離れようとしたが、ディアンが懇願《こんがん》してくるので、仕方なくアリシアの近くで睡眠をとった。

アリシアの寝息が気になってドキドキしていたのは最初だけで、いつの間にか俺も眠っていたらしい。

その後、ディアンにそっと起こされ、見張りをしながら、朝を迎えた。

＊

太陽がちょうど真上に来た頃。

俺たちは無事にカフラに到着した。

街には何事もなく入ることができた。

俺たちは、昨日ディアンが言っていた通り、まずは適当《てきとう》な服屋を訪れた。

用も金もないので、俺は外で一応の見張りを兼ねて二人を待つ。

道行く人々や、この辺にあるいろんなお店。全てが俺にとっては新鮮で、それらを眺めているとあっという間に時間は過ぎていく。

「ヴァン！　どうですか。似合っていますでしょうか？」

息を切らせてお店を出てきたのはアリシアだった。

俺の目の前で、桃色の髪をふわりと浮かせながら回るアリシアは、今では、冒険者風の動きやすそうな服装に着替えていた。

彼女の生い立ちを考えると恐らく着たことなんてないんじゃないかって服だったが、これがどうにも似合っていた。

と、言うよりもアリシアほど可愛ければなんでも似合うんじゃないだろうか。

「ヴァン？」

そんなことを考えていると、急にアリシアが俺の顔を覗《のぞ》き込むように近づいてきたので、思わず、驚いてしまう。

「に、似合ってますよ。アリシアなら可愛いし、なんでも似合うんじゃないかな」

声を上ずらせながら、ついつい思っていたことをそのまま口にしてしまう。なんだか恥ずかしくなってきた。

アリシアは俺から顔を背けて固まってしまっている。

あぁ、やっちゃったなぁ。

心の中で少し後悔。でも、これまで女性経験ゼロの童貞野郎には一番いい答え方なんてわかるはずもないこともわかっていただきたい。

「アリシア様！　急に行かないでください！」

なんだか、微妙な空気になってしまったところに来たのはディアンだ。

お店から慌《あわ》てて出てきた彼もアリシア同様に動きやすそうな服装に替わっている。

「って、どうしたんですか二人とも」

ディアンは俺たちの間の微妙な空気を感じたのかそう言った。

「え、えーっと……」

「な、なんでもないです」

俺がどう説明しようか、と考えていると小声でアリシアが呟いた。

彼女は顔を勢いよく上げたかと思うと、自分の両頬を、一度パチン、と叩《たた》いていた。

そのせいなのか、彼女の顔は赤く染まっていた。

「い、行きましょう。次はどこですかディアン！」

「え、ええっと。とりあえず食事にしましょう。それから、馬車を借りられないか聞いてみましょう。食料とか消耗品の調達は、カフラを出る算段が整ってから準備したほうがいいでしょう」

おぉ。こういうところはすごく頼りになる。

「わかりました！　それと、街中では、ディアンもアリシアと呼ぶように言ったはずですよ」

「すみません、アリシア。癖《くせ》が抜けなくて」

それから、率先《そっせん》してアリシアが歩いていく。いつもより歩調が速い。

やっぱり怒らせてしまったみたいだ。

「じゃあ行きましょうかディアンさん」

そう言うと彼は親指を上げて、笑っていた。

「うまくやったな」

こういうところは全く頼りにならない。

冗談もほどほどにしてほしい。

＊

食事を終えた俺たちは馬車屋を訪れていた。

「……らっしゃい」

カウンター奥の店員が不愛想に告げる。

目元のあたりの深い皺《しわ》と白髪《しらが》が、しわがれた声と合わさって、いい味を出しているおじいさんだった。

なかなかの渋さを感じる。俺も年を取るならこんな感じになりたいなあ、と思いながら聞いた。

「あなたが店主でしょうか？」

「そうだよ」

「西に出る馬車はありますか？」

「西に出る馬車はないよ。早くて二日後。だけど、正直いつ出せるようになるかはわからないねえ」

その言葉に、俺たち三人は目を見合わせた。

何かあったかのような口ぶりに、俺は聞いた。

「何かあったんですか？」

おじいさんは俺たちをじろりと見て、ため息をついた。

「はぁ……。西の方面にトロールの群れが出てね。馬車が襲われたんだ。それから、あいつら、味をしめたように待ち伏せしてやがる。このまま馬車を出しても馬と人が死ぬだけだから、今は西の馬車を止めてんだ。王都方面なら馬車を出せるよ」

おじいさん店主は言い終えて、また大きなため息をついた。

うーん、王都に行っても、俺が死罪になって死ぬだけだ。何もいいことはない。

「早くて二日後というのは？　何か西に行くための算段《さんだん》があるのですか？」

「冒険者ギルドに依頼を出してな。明日、討伐隊《とうばつたい》が向かうらしい。それがうまくいきゃあ馬車は出せる。だけど、どうだかな。冒険者のほうに被害が出るだけな気もするが……」

馬車が使えないにしてもトロールの群れが出ているというなら歩いていくのも危険な気がするなぁ。いや、気じゃないな。危険だ。

だったら、

「「冒険者と一緒にトロールを倒す」」

俺とディアンの声が重なる。

どうやら同じことを考えていたみたいだ。

「あんたらも討伐隊に参加したいなら、冒険者ギルドに行きな。そっちで募集している。でもなぁ……」

ぎょろりと、店主の目が俺の方を向いた。見定めるような目線が頭の先から足の先まで動く。

「あんたはひょろっちいな。やめといたほうがいいんじゃねえか？」

うっ。少しショック。でもひょろっちいのは確かだから、なんとも言えない。

――バシッ！

俺が背を丸めていると、その背に衝撃が走る。

ディアンが俺の背中を叩いたのだった。

「うわぁ！」

びっくりして、思わず素《す》っ頓狂《とんきょう》な声が出てしまう。

「店主。明日期待しておいてもらいたい。きっと、このヴァンがいい報告をするでしょう」

「はい！　ヴァンならきっとトロールを簡単に倒してくれます！」

えぇ……。

そんな期待をされても。一応俺のルーン魔術は時代遅れらしいんだけど。

ディアンのよくわからない自信に、俺もおじいさんも半信半疑《はんしんはんぎ》だった。

「そこまで言うなら、楽しみに待っといてやるよ」

「ええ！　待っていてください店主殿。では、ヴァン、アリシア。とりあえず冒険者ギルドの方に行きましょうか」

馬車屋を後にして俺たちは冒険者ギルドに向かった。

＊

冒険者ギルドは異様な空気に包まれていた。

ピリピリというか、ジリジリというか、とにかく、冒険者ギルドの扉を開けた瞬間に息が詰《つ》まるような感じがしたのだ。

その空気はアリシアも感じ取ったらしく、ギルドの建物に入る時に少しだけ尻込《しりご》みをしていた。

そんな中で、ディアンだけは臆《おく》せずに入っていった。

きっと俺たちが行かなくても彼ならうまくやってくれるだろう。

わざわざ怖い思いをさせなくても、と思ったがアリシアは恐怖ごと振り払うように首を横に振った。

「アリシアは俺と待っていようか」

「いえ、行きましょう。ヴァンも直接話を聞いたほうがいいです」

アリシアは震える小さな手を、ぐっと自分の胸に押し当ててギルドに足を踏み入れていく。

前にはディアンがいる。アリシアの後ろは俺が守らないと。

俺もギルドに入り、睨みを利かせる。

ギルドの中にはいろんな人がいた。

若い人も、少し年を取ったような人も、男の人も女の人も、まさに老若男女《ろうにゃくなんにょ》問わずだ。そんな彼らの視線がこっちを見てるような気がする。

ってか見られてる。睨まれてるって。

――ギロリッ。

うわぁ！

その中でも一人、ギルドの一番奥の方で、長い槍《やり》を壁に立てかけて椅子に座り、めちゃくちゃ鋭《するど》い眼光《がんこう》で俺たちを睨む一人の男がいた。

俺は思わず目を背ける。

いやぁ、やっぱり無関心を貫《つらぬ》くのが正しいと思うんだ。危うきものには近寄らず。それに相手だって、賊とか獣とか魔物じゃないんだ。いきなり襲い掛かっては来ないよ。……来ないよね？

「カフラ冒険者ギルドへようこそ。ご用件をお聞きします」

ディアンに追いついて、ギルドのカウンターに着くと受付だろうお姉さんがそう言った。見事な営業スマイルに、少しだけ心休まる。

依然《いぜん》として、俺たちの背中には視線がこれでもか、と突き刺さっているのだけれど。

「依頼を受けたいのだが」

ディアンが言う。

「冒険者ライセンスを確認させていただいてもよろしいでしょうか？」

「冒険者ライセンスは持ってないんだ」

「でしたら、依頼を受けるには、まずは冒険者登録から必要になりますが」

「わかった。今からでもできるか？」

「はい。かしこまりました。えーっと、あなたお一人、でしょうか？」

受付のお姉さんは俺たち三人の顔を一度だけ見回して、最後にディアンへ顔を向けそう言った。

なんとなく、ただの付き添いみたいに見られるのはわかってたけどね。

それにしても依頼を受けるにはやっぱり冒険者にならないといけないみたいだ。この際だし、俺も冒険者に登録しておこう。

「あの俺も冒険者登録をしたいんですけど。できますか？」

「はい。もちろんです！」

まぶしいくらいの完璧《かんぺき》な営業スマイルだ。

さっきまで、俺のことをただの付き添いだと思っていたようにはとても見えない。

それから、俺たちは登録用紙を渡された。年齢や名前、性別や戦闘方法など、必要事項《じこう》を記入して、受付のお姉さんに返すと、すぐに冒険者ライセンスを作ってくれた。

これで、晴れて俺も無職から脱却《だっきゃく》である。収入はないけど。

それから、お姉さんはいくつかの注意点を説明してくれた。

いろいろとあったが、気になったのは、
依頼を受けた後は自己責任《じこせきにん》。

冒険者にはF～Aまでのランクというものがあり、Fは駆け出し、Aは一流、らしい。

そして、そのランクによって受けれる依頼に制限がある。

この三つだった。

あれ、俺たち、トロールを倒す依頼を受けれるのかな？

「それでは、以上で説明を終わります。これで、お二方とも、Fランク冒険者としてギルドに登録されました。これからよろしくお願いします。何か、質問などはありますか？」

「質問はないが、依頼を受けたい」

「はい。現在Fランク冒険者さんに頼める依頼はこちらになります」

数枚の紙がカウンターに出される。そこには、びっしりといろんな依頼が一覧になっていた。

だけど、やっぱりというべきか、そこにはトロールを倒す依頼は載っていなかった。

「あの、トロールの群れが出たって聞いて、討伐隊がギルドから出ると聞いてきたんですが。その依頼は、受けられますか？」

そう言うと受付のお姉さんはキョトンとした顔で、俺を見ていた。

同時に大爆笑が起こったのは俺たちの後ろで、だった。

「うわっははははは！　聞いたか？　Ｆランク冒険者が討伐隊に参加したいだってよ」

「馬鹿も休み休み言え！　ガキは家で寝てるんだな！」

「しかもあいつ、あんなひょろひょろの体で、トロールに敵《かな》うと思ってんのかっ？　鼻息で吹き飛んで終わりだぜ！　間抜けな顔をしてると思ったが、本当に大間抜けだったらしい。がははははは！」

ひどい言われようだった。

「そんな！　ヴァンは間抜けな顔なんかじゃありません！」

アリシアがフォローしてくれるが、笑い声にかき消されて、騒ぎ立てる冒険者たちには届いていない。あと、フォローする部分も少しずれてませんか？

「お前ら黙れ！」

ギルドの奥の席から聞こえてきた声に、笑っていた奴らは一斉に黙り、空気もピンと張り詰める。

そんな空気を一瞬で作り出したのは、俺をめちゃくちゃ睨んでいた槍の人だ。

彼は槍を手に取り立ち上がると、ゆっくりとこっちに向かってくる。

背が高く、細身だけど腕や足の筋肉はすごい。胸にはプレートアーマーをつけているが、きっと胸筋とかもすごいことになってるんだろう。年はディアンよりは若そうだ。若いオオカミみたいな鋭さを思わせる顔つきだ。

俺とディアンはそんな男からアリシアをかばうように、前に出た。俺たちと彼が向き合う。

「俺はグレイだ。そっちのお前、名前は？」

「ディアンだ」

「そうか。その体、立ち方、雰囲気、そこら辺の奴らより戦えることはわかる。明日討伐隊に参加しろ」

それから、俺にまた鋭い目を向けてくる。それに少しだけ身構《みがま》えた。

目だけなら、ディアンも結構怖い目をしているのだが、敵意を向けられるかどうかで印象が全然違う。

「ライセンスを見せろ」

「ど、どうぞ……」

「なになに……。戦闘方法はルーン魔術だと？　ふん。大人しくルーン屋で仕事をしていろ。素人《しろうと》の出ていい場面じゃねえ。遊びじゃねえんだ」

遊びで来てるつもりはないんだが……。

彼は俺にライセンスを突き返して踵《きびす》を返し戻っていく。

「待て、グレイ」

「なんだ、ディアン？」

「ヴァンはきっと討伐隊に参加すれば活躍してくれる。俺が保証する」

ディアンがそこまで言ってくれるなんて。俺はそれだけでうれしかった。

だけど、グレイがそれで頷くとは思えなかった。

「……。わかった」

え、いいの？

なんか申し訳ないな。

「なら、それを俺にも証明してみろ」

「へ？」

顔が引きつる。嫌な予感がする。

「ギルドには、冒険者の指導を兼ねた模擬戦場《もぎせんじょう》がある。そこで、お前の実力を俺が見てやる。来い」

そう言って彼はギルドの奥に消えていった。

模擬戦場？　実力を見る？　つまり、戦うってこと？　グレイと？

「ど、どうしてこうなった……」

「すまんヴァン。俺もこんなことになるとは……。それで、無理そうなのか？　俺としては、一人でアリシアを助けたヴァンならいけると思うんだが」

「わたしも、ヴァンなら勝てると思いますっ！」

二人は俺を評価しすぎじゃないかな？

「うーん、どうだろう……」

彼の実力もわからないし。

せめて、紙でもあれば少しは違うと思うんだけど。

紙、紙か。それに、グレイのあの装備なら……。

「あの」

受付のお姉さんに向き直ると、彼女は心配そうに俺たちを見ていた。

「は、はい？　あの、大丈夫ですか？　あの方は、Ａランク冒険者で、さっきも説明したと思いますが、Ａランクというのは冒険者の中でも……その謝ったほうがいいと思うんですが」

「ディアンもあれだけ言ってくれたし、やるだけやってみます。速攻《そっこう》でやられちゃうかもしれませんけど……。あともしよければ、紙を三枚ほど借りられませんか？」

＊

模擬戦場に到着するとグレイはさっきまで持っていた槍じゃなくて、木製の槍を持っていた。きっと訓練用の物だろう。

少しホッとする。まぁ、打たれたらすごい痛いんだろうけど。

それにしても、模擬戦場は異様な活気に満ちていた。

模擬戦場は一階と二階に分かれていて、一階は今俺とグレイが立っている場所だ。二階は一階の俺たちを見下ろせるようになっていた。模擬戦の見物用に造られたのだろうか。そこにはすでに多くの冒険者がいた。

「逃げずに来たな。ヴァン」

「まぁ、あれだけ言ってくれた人がいるんで」

「ふん。根性は認める。武器はいいのか？」

「下手に持つよりも素手のほうがいいかなって。一応、策《さく》は用意してきましたから」

わっ、と歓声が湧いたのはその時だった。

「やれっ！　やれっ！」「グレイ！　なめた真似《まね》ができないように腕の一本でも折ってやれ！」「一撃で沈むなよ！　せめて楽しませてくれ！」

物騒《ぶっそう》すぎないかな？　まぁ、これだけ血気《けっき》盛んだから、冒険者をやれているのかもしれない。俺は二階を見上げてそう思った。

模擬戦場は円形で、壁や床は石でできていた。

俺が一番好きな場所を森だとするなら、石の床は一番嫌いな場所である。

理由は単純で、道具がないとルーンを書けないからだ。血で書くという方法もなくはないが、ディアンに【治癒】のルーンを書いた時とは違って、少量の血では満足に延びないから戦闘しながらは無理だ。

つまり、流石にこんな場所だと時代遅れとか関係なく、何も持っていないルーン魔術師には出る幕がないのだ。

一応紙を借りられていてよかった。もう少し準備をしといたほうがよかったかな。

そんなことを考えていると。

ぐっ、とグレイが槍を構えて体を少し沈めた。

それと同時に、模擬戦場が静まる。

俺も一気に警戒を高めた。

――ヒュッ！

始まりの音は、そんな鋭い小さな音だった。

グレイの槍はすぐに俺の体の前に迫ってきていた。

「うわぁっ！」

紙一重《かみひとえ》で避《よ》ける。

「何っ⁉」

グレイの顔が少し歪《ゆが》んだ。

次々に繰り出される突きを俺は避けつづける。

「避けるのだけは一人前か！」

ルーン魔術師は近接戦においてほぼ無力だ。

だから、ルーン魔術の基礎の次に俺が師匠に教えられたのは攻撃のさばき方だった。

当時、あほみたいにボコられたせいで、攻撃を避けるのだけはうまくできる。

それに、七英雄のリッカとかカイザーが「付き合い」と称して俺を攻撃してくる時に比べれば、まだ避けやすかった。何が付き合いだよ。

「【旋風槍《せんぷうそう》】！」

距離を取ったグレイが使ったのは、槍で風の刃《やいば》を生み出すスキルだった。でも、それでもリッカやカイザーたちの方がまだ速い。俺は身をかがめて避ける。

「何っ！　今のも避けるのか」

「冷静に見切れば、普通の斬撃《ざんげき》と変わらないですから」

「目に見える刃と目に見えない風の刃を見切るのは勝手が違うと思うが……面白い！　これはどうだ！　【連撃槍《れんげきそう》】」

今度は俺の顔が歪む。

攻撃が避けられるのは反射が追いつき体が動くからだ。だけど、スキルによるその連撃は俺の反射のスピードを超えてるし、そもそも体も追いつかない。

しかたない。もう少し隙を窺いたかったけど。

三枚用意したルーンのうち一つを取り出し、起動する。

「【光盾《こうじゅん》】！」

ルーンを書いた紙から光が円形に出て、俺の前で壁になってくれる。

【光盾】のルーン。数秒の間、光の壁を張って身を守れるルーンだ。【土壁】のルーンとかと違って、ずっとは残ってくれないのでタイミングが重要な少し使いづらいルーン。

でも、光関係のルーンは暗闇じゃなければどこでも使える点は好きだ。

――ガガガガガガッ！

そんな音を立てながら、盾が攻撃を受け続けてくれる。

一枚使ってしまった以上、反撃するなら今しかない。

「【閃光《せんこう》】！」

紙が強く発光した。

強い光を発するルーン。ただそれだけだ。それだけだけど、初見なら十分効果的。そんな攻撃をしてくるとわかっていなければ、その光から目を守るのはまず不可能だろう。

「ぐっ」

光に目をやられて、怯《ひる》むグレイ。彼の目が慣れる前に俺は懐《ふところ》に飛び込んだ。目の慣れない中で振られた槍は簡単に避けることができた。受付のお姉さんに借りた三枚の紙で用意した三つのルーン。

その最後のルーンを彼の胸のプレートアーマーに貼り、発動する。

「【発雷】」

――バチンッ！

という激しい音を立ててから、グレイの動きが止まった。俺はゆっくりと距離を取る。グレイは静かに膝をついた。

模擬戦場は静まり返っていた。

だが、次の瞬間、歓声《かんせい》が湧き起こる。

「え、うそっ⁉ そんなにすぐ立てるの？」

グレイが立ち上がったのだ。いやぁ、びっくり。流石にもう少しかかるでしょ普通。って、そんなこと考えてる場合じゃなくて。

俺は身構える。さあ、どうしよう。もう何も準備してないんだけど。

ゆっくりとグレイが俺に近づいてくる。

ごくり、と唾《つば》を呑む。

「威力《いりょく》を落としていたのか？」

「え？」

「今の攻撃、威力を落としていたのか？　と聞いた」

俺は頷く。彼の言う通り俺は発雷の威力を最大限出せるようにルーンを作ってはいなかった。

「明日に影響が出てもいけないと思って」

「そうか。まさか、手心《てごころ》を加えられるとはな……」

「やっちまえ！　グレイ！」

そんな言葉が、模擬戦場中にこだまする。

「黙れ！」

静まり返る模擬戦場。

グレイが俺に握手《あくしゅ》を求めてくる。彼の顔を見上げると、少しだけ笑っていた。敵意はもうなさそうだった。俺は彼の手を握り返す。

「俺の負けだ。すまなかったヴァン。ルーン魔術師でこれほど戦える奴がいるとは思わなかったんだ。見た目だけで判断した俺を許してくれ。そして、明日はよろしく頼む。期待している」

「う、うん。わかったよ」

手を放して、グレイは何も言わずに模擬戦場を出ていった。それから、俺たちをギルドに入ってきた時のような目で見てくる奴はいなかった。

むしろ、ほとんど全員と言っていいほど多くの人に、すまなかった、と謝られてしまった。

うーん、こんなつもりじゃなかったんだけど。

ディアンとアリシアのもとに戻ると、笑顔で迎えてくれた。

「流石だな。Aランク冒険者といえば、俺といい勝負をするだろうに。やはり、ヴァンは俺より強いな」

俺がディアンより強いかは知らないけど、なんでそういう情報をもう少し早く言ってくれないのかな？

「わたしも、あんな風に戦えるようになりたいです！　今日も、ルーン魔術を教えてくださいね！」

うーん、こんなつもりじゃなかったんだけど。

＊

トロール。

今回、道をふさいで討伐の対象になっているのは、成人男性の三倍から四倍ほどの巨体を持つ人型の魔物だ。

厚い皮膚や強靭《きょうじん》な筋力を持ち、ギルドの定めている強さとしてはCランクらしい。

これは、大体Bランク冒険者がパーティを組んで一体を安全に倒せるくらいの強さだという。

「ただのCランクの魔物の群れっつうんなら俺一人でなんとかするんだがな。トロールの群れは流石に手に負えなくてな」

トロールの群れが出現したという場所へと向かう馬車の中、Aランク冒険者であるグレイは面倒くさそうにため息をついていた。

「トロールだと何か問題があるんですか？」

「いいか、ヴァン。まず、でかいっつうのはそれだけでめんどくせえ。しかも人のなりをしてやがるから、弱点が全部上の方にある。心臓、頭、首、腹にしたって、俺の頭より上にある。攻撃が急所に届きにくいんだ」

なるほど。それは倒すのが大変そうだ。

「それにしても……」

グレイは俺の横に目を向ける。そこには静かに座っているアリシアがいた。目を向けられた彼女はというと、少しだけ怯えたように体をびくっとさせた。

今回、アリシアをどうするかで俺たちはいろいろ話し合ったのだが、誰に狙われているかわからない今、人が多くいる街より冒険者と御者《ぎょしゃ》しかいない討伐隊についてきてもらったほうが彼女の身のためという結論になり、ついてきてもらうことになったのだ。

「ついてきて大丈夫なのか？　嬢ちゃん」

グレイの言葉に、アリシアは体をびくりと震わせる。

「だ、大丈夫です。その、ヴァンもいますし」

アリシアは少しだけ緊張した面持ちだ。

「って言ってるが、本当に大丈夫かヴァン？」

「一応、何かあった時の策は用意しています」

アリシアがついてくるにあたって、彼女のためにいくつかのルーンを紙に書いて持たせてある。使い方も教えたし、何かあった時、俺かディアンが来るまでの時間は稼げるはずだ。

「そうか。お前がそう言うなら安心だが……。それで、もう一つ聞きたいんだが……ディアンのその顔はなんだ？　寝てる時にいたずらでもされたのか？」

グレイの視線の先、ディアンの額《ひたい》にはインクで模様が書かれている。

「これはいたずらではない。ヴァンがルーンを書いてくれたんだ。なんでも体能力を強化してくれるらしい」

ディアンが俺に代わって説明してくれる。その顔が少しだけ誇らしげに見えるのは気のせいだろうか。気のせいだね。

俺がディアンに書いたのは【反射強化】、【筋力強化】、【体力強化】だ。

ずっとぼっちだったし、戦いとは無縁だったから、こういった人を強化するルーンは久々に書いたが、ちゃんと体が覚えていた。書き始めてみたら、するすると筆が進んだのだ。

ただ、グレイが言った通りいたずらのように見えるのは仕方ない。

【反射強化】は額に書くのが一番効果があるらしいのだ。ちなみに、【筋力強化】は背、【体力強化】は胸が一番効果があるらしい。もちろん俺はちゃんと人に使ったことはないのでこればかりは師匠談だが……。

時代遅れの俺のルーンがどれほどの効果があるかはわからないから、ディアンにもちゃんと気休め程度であることは言っておいてある。

「人体にルーンを書いて強化？　へー、ルーン魔術にはそんなのもあんのか。それ、俺にも書いてくれねえか？」

「もちろんいいですけど……。気休め程度に思ってくださいね？　ないよりまし、みたいな」

俺はペンとインクを取り出す。

ペンとインクはルーン魔術師の必須道具だ。昨日、ようやく街で揃えることができた。やっぱりこれがあるとないとじゃ安心感が違う。

「それでもいいぜ。っと、馬車の中じゃ書けねえか。揺れて手元が狂《くる》うもんな……。ん、そう言えば、馬車が揺れないな。でも、止まってるわけでもないし……」

「あぁ。それは、馬車に【耐震】のルーンを書かせてもらったんです」

「馬車の揺れを止めた、のか？」

「はい。俺、これがないとすぐ酔《よ》っちゃうんで。って、あれ？　どうしました？」

なぜか茫然と俺を見るグレイ。

どうしたんだろう。と思っていると、小さく笑った。

この人、笑うんだ。って思ったのは内緒《ないしょ》だ。

「いや、なんでもできるんだなって思ってよ」

「そんなことはありませんよ。じゃあ、ルーンを書きましょうか。ディアンと同じルーンを書きますね。上着を脱いでもらってもいいですか？」

＊

ルーンも書き終えて、到着を待っていると馬車が止まった。

御者の人が言う。

「これ以上は行けねぇな。あんたらが負けた時に逃げないといけないって考えたらここが精一杯だし、馬もびびってら」

それを聞いて、俺たちは馬車を降りた。少し遠くには、トロールの姿が見えた。

「あれがトロール……」

緑がくすんだような色をした巨体。それが十数体はいるように見えた。俺たちの後ろからは続々と馬車が到着する。

「おっしゃ！　お前ら行くぞ！」「気を抜くなよ！」「報酬は活躍した奴から分けていくからな！」

互いが互いの士気を高め合いながら冒険者たちが下りてくる。

こういう関係っていいなぁ。なんだかうらやましい。

「ヴァン。あとは魔力を流すだけでいいのか？」

冒険者たちを見ていると、グレイとディアンが俺に聞いてくる。

「はい。もう俺の手からは離れているので。あとは二人がいいタイミングで使ってもらえばいいですよ」

「そうか。では行くかディアン」

「あぁグレイ」

二人のルーンが光る。

早速《さっそく》ルーンを使ったようだ。

「「――――――ッ!!」」

次の瞬間、二人の顔つきが変わった。

二人は顔を見合わせて、確認するように、拳を握ったり、太ももを上げてみたり、跳《と》んでみたり、と、体を動かしている。

「ディ、ディアン？　グレイ？　あの、大丈夫？」

「『あぁ。行ってくる』」

「え、あ、ちょっと」

止めようとしたが、二人が猛スピードで駆けていった。

「な、なんだあの二人は！」「グレイさんと、あの例の新人だ！」「二人で大丈夫かっ⁉」「お、俺たちも早く続くぞ」

他の冒険者たちが驚いている間にも、二人の姿はどんどんと小さくなっていく。って、あれ？　なんかすごい速度じゃない？

遠くでグレイが跳んだのが見えた。それは高く、高く、トロールの顔の高さまでに到達していた。

――ゴッ！

と、鈍く大きい音が響《ひび》いた。かなり距離があると思うが、その衝撃《しょうげき》は俺の体にも伝わってきた。

直後、トロールの頭から噴水《ふんすい》みたいに大きな血しぶきが上がる。

――ドゴォォォォォンンン……。

そんな地鳴《じな》りのような音と共に、一体のトロールが倒れた。

ディアンのほうも、振り下ろしてきたトロールの巨大な腕を剣の一振りで斬り飛ばしていた。

それを見て、続こうとしていた冒険者たちの足も止まっている。

うわぁ。もしかして、俺ってからかわれてたのかな。グレイさんの動きが全然昨日と違うし、ディアンもめちゃくちゃ強いじゃないか。

そこからは見るも恐ろしい暴虐《ぼうぎゃく》が始まった。

二人は跳んで、斬って、突いて、その攻撃の嵐は次々と倒れていくトロールとどっちが化け物なのかわかったもんじゃないほどに恐ろしかった。

「あ、あの。ヴァン？　何も見えないのですが」

俺はといえば、その光景をアリシアに見せないように、とアリシアの目をふさぐので手一杯だ。ってか、向こうはもう大丈夫でしょ。次々に倒れていくトロールを見てそう思う。さんざん脅《おど》すような真似をして、最初からそれだけ強いって言ってくれればいいのに。

「ごめんね、アリシア。もう少しだけ我慢《がまん》して」

「いえ！　わたしはずっとこのままでも……。な、なんでもありません！　我慢します！」

それから、結局二人の戦闘に割って入れるほどの度胸がある冒険者もおらず、二人でトロールを倒し切ってしまった。

冒険者も御者の人たちもぽかんとして、二人が帰ってくるのをじっと見ていた。

結局、俺が用意していた策は無駄になってしまったけど、まぁいいか。トロールを倒すのが目的だったわけだしね。

「グレイさん！　あんたすげぇぜ！　いや、前からすげぇことはわかってたけどやっぱりすげぇ！あれだけのトロールを一瞬で倒しちまうなんて！」

「新人も、いや、ディアンさんもめちゃくちゃ強いじゃねぇか！　あんたもAランク冒険者になれるんじゃねぇか！」

帰ってきた二人を迎える冒険者たちが騒ぎ立てる。いつの間にか二人は冒険者たちに囲まれて、その興奮と熱気の渦《うず》に囲まれていた。

随分と暑苦しそうである。

「そういやぁ二人とも。その額の落書きはなんなんですか？」

冒険者の一人が、グレイとディアンの額に書かれている俺のルーンに気付いたようだった。

「あぁ。ヴァンに書いてもらったルーンだ。俺がトロールを一撃で倒せたのはこのルーンのおかげだ。これなしなら流石にあれだけのトロールを倒し切るのは不可能だ」

「そ、そうなんですか？」

「当たり前だろ。ほら、お前ら邪魔だ。離れろ。今回の功労者はあいつだ」

まとわりつく冒険者たちを追い払ってグレイは俺を指さした。

気休めだと言ったけど、気休めのおかげと言うほど、グレイは心細かったのだろうか？

そんなことを考えていると、冒険者たちの目が俺を見ていることに気が付いた。

ま、まずい！

これが狙いか！

ハメられた！

「アリシア！　ごめん！」

「えっ？　きゃっ！」

グレイの思惑《おもわく》に気付いた俺はアリシアを抱えて馬車の方に急いだ。

目の色を変えた冒険者たちが俺の方に走ってくる。

俺に標的を向けるためにグレイはあんなことを言ったんだ。そうに違いない。

「あ、あの！　重くはありませんか！　ヴァン！」

アリシア。なんでそんなことを聞くのか俺には全くわからないけど、今はそんなことに答えている場合じゃないんだ。

あんな冒険者たちに囲まれてしまったら、アリシアが怪我《けが》をしかねない。ってか俺も怪我をしかねない。グレイたちみたいに頑丈《がんじょう》な体はしてないんだ。

迫りくる冒険者たちから必死に逃げる。だけど、距離はどんどん詰まってきている。彼らの激しい足音はすぐ後ろにまで迫ってきていた。

仕方ない。アリシアだけでも。

「アリシア！　来る時に渡したルーンを使うんだ」

「え？　は、はい。わかりました」

ルーンを取り出したアリシアがルーンを起動する。

ルーンが光を放った瞬間、俺はアリシアから弾《はじ》き飛ばされる。光が収まると、そこにはアリシアを囲うように光の壁ができていた。

「ヴァン……？　これは？」

「それは【結界《けっかい》】のルーンっていってね。いろいろと使いづらいルーンだけど、今はそこにいれば安全だから、って……。うわぁ！」

アリシアにルーンの説明をしていると、襟《えり》をつかまれて引っ張られる。

冒険者たちに完全に捕まってしまった。

「ヴァンさん！　あんたすげえぜ！」

「すげえって本当に思ってんなら、引っ張らないでよ！」

俺の話なんて聞いちゃいない！　捕まった俺は肉の渦に引っ張り込まれ、もみくちゃにされる。

「うおおおおお！　俺にもルーンってやつを書いてくれ！」「ヴァンにルーンを書いてもらえば俺もああなれるのか！」「兄貴って呼ばせてくれ！」「握手してくれ！」

「ぐぅ……。あ、あつぃ。苦しい……」

アリシアに【結界】のルーンを持たせておいてよかった。こんな中に巻き込まれたら、大変なことになっていただろう。だけど、自分の分も用意しておけばよかった……。

気を失うかとも思った時だった。

「おいお前ら！　遊んでねえで、トロールの解体をするぞ！」

グレイのその一言に、奴らは俺に「ありがとうございました！」などと言って、トロールの方へと向かっていく。くっそう。好き勝手しやがって。俺がムキムキになったら覚えてろよ。

解放された俺はその場に倒れこんだ。

「だ、大丈夫ですか？　ヴァン？」

顔を上げると、結界の中からアリシアが心配そうな顔をしてこっちを見ていた。

「うん。一応……無事みたい。アリシアは？」

「ヴァンのおかげで、無事でした」

「うん。それならよかったよ」

そう言って俺が笑うと、アリシアもほっとした様子を見せる。

「ヴァン。立てるか？」と、帰ってきたディアンが手を差し伸べてくる。

その手を取って起き上がる。

「うん。ありがとうディアン」

「すまんな。こんなつもりじゃなかったんだが……」

グレイがそう言った。

「ほんとう？」

半信半疑《はんしんはんぎ》の目をグレイに向ける。

「おいおい。本当だ。そんな目で見るな。それと、ルーンも本当に助かった」

「気休めでも役に立ったならよかったよ」

「気休め、ね。まぁ、お前がそう言うならそれでいいよ。それで、一つ相談があるんだが……。俺とパーティを組まないか？　俺たちなら、きっと高みを目指せる。世界一の冒険者にだってなれるかもしれねえ。どうだ？」

真剣な瞳だった。冗談じゃないことは簡単にわかった。

「すまない。グレイ。そう言ってもらえるのはうれしいが、俺はラズバード王国に帰らないといけないんだ。そのために今日は参加したんだ」

ディアンが言った。

「そうか……。ラズバード王国の人だったのか。ヴァンもなのか」

「俺は違うけど、でも、ごめん。俺も、二人についていくよ。それが俺の受けた依頼なんだ」

「ふっ。はははははは！　そうか。わかったよ。悪かった、引き留めるようなことを言って。ところで、この体能力を強化するルーンってのは街のルーン屋にも使えるのか？」

「うーん。どうだろう……」

正直ルーン屋になんて行ったことないから知らない。でも、あの俺の仕事を代わってくれた親切なイケメン金髪のガルマとかいう人は、俺を時代遅れのルーン魔術師とか、適当なルーンって言ってたし、もしかしたらルーン屋だったらもっとすごいこともできるのかも。

「ルーン屋には行ったことがないからわからないけどできるんじゃないかな？」

「そうか。わかった。よし、俺たちもトロールの解体に行くか！」

トロールの方に向かっていく時のグレイに初めて会った時の怖い感じはなかった。グレイは青年らしい顔で笑っていた。

＊

「らっしゃい！」

翌日、出発の準備を整えて馬車屋を訪れると、昨日とは違い、元気に店主が迎え入れてくれた。問題が解決して、すっきりしたのだろう。

だけど、彼は俺たちの顔を見るなり顔を真っ青にした。

「あ、あんたたち……。この前は、すまなかった！　グレイさんが言ってたよ。あんたたちがいなかったら、解決しなかったって。本当に頭が上がらねえ！」

カウンターに頭がぶつかるんじゃないかってほど頭を下げて店主はそう言った。

「ちょ、ちょっと、やめてください！　いいですよ。気にしてませんから！」

「本当にあんたにはひどいことを言った。西に行きたいんだったよな。うちで一番いい御者と、一番いい馬車と、一番いい馬をあんたたちのために用意させてもらった。お代もいらねえ。使ってやってくれ」

「そういうわけにはいきませんよ。お金もちゃんと払います」

昨日の報酬で、俺たちの懐は温かかった。報酬のほとんどを俺とディアンとグレイで三等分したからだ。なんで俺が入れられてるのかはわからなかったけど、どうしてもと、他の冒険者たちも言うので貰《もら》うしかなかった。

それに、ただで乗せてもらうというのもなんだか悪い気がする。

「あ、あんた……。いい人だなぁ。わかった。ありがたくお代をいただくよ。今からでいいのかい？　いつでも出せるぜ」

「では、よろしくお願いします」

「おうよ！　外で待ってな。連れてくっからよ！」

こうして、俺たちはようやくカフラの街を出発することができたのだった。

＊

後日、カフラのルーン屋でのこと。

「いらっしゃいませぇ……。って、グレイさん！」

店員は入ってきた大柄の客の顔を見るなり驚いていた。

Aランク冒険者のグレイ。その顔を知らない者は、この街にはいない。

「なぁ。ルーンを頼みたいんだが」

「は、はい！　何がご入り用でしょうか！　火をおこしますか、それとも、水を湧かしましょうかっ？」

つとめて明るく振る舞おうとはしているが、その声色は緊張して随分と硬い。

それでも精一杯の接客にグレイは首を振る。

「いや、体能力を強化するルーンを書いてほしいんだが」

「へ？　体能力を、強化？」

「？　できないのか？」

「いえ、できないとかではなく……」

店員はカウンターに本を出す。

その表紙には『ルーン魔術大全』と書いてあった。

店員はそれをぱらぱらとめくって最後まで目を通すと、また確認するようにもう一度最初から最後までを流して確認する。

「……。どうしたんだ？」

「あの……。どこで、体能力を強化するルーンの話を聞いたのかは存じませんが……。ないんですよ」

「は？」

「ですから、そんなルーン存在していないんです」

「そんな馬鹿な。俺にも見せてみろっ！」

グレイは店員から本を貸りると、そこにあるルーンに目を通していく。

きっと店員が見逃しているに違いない。そう思って、次々にページをめくっていくがない。

あのディアンの額に書いてあったような文字と似ている文字すらない。

ここに書いてあるものは、どこかヴァンのルーンとは別の何かのようにも思えるほど文字の形が違うのだ。

「あの、グレイさん?」

「これでルーンは全てなのか?」

「えっと、そうなります……」

「そうか。いや、すまなかった。今日は失礼させてもらう」

ヴァンが嘘《うそ》をついていたということか?

一瞬そう思ったが、あの時のヴァンは嘘をついているようには見えなかったと思い直す。それによく見れば、ヴァンの書いていたルーンとこの本に載っているルーンとでは形状が全然違っていた。

一体あいつは何者なんだ?

そんな彼の疑問が解決するのは、次にヴァンと会った時のことになるかもしれない。

二章

俺が王都から追放されてから二週間が経っていた。

ディアンの話ではようやく今日、国境《こっきょう》に到着するらしい。

国境に向かう馬車の中、俺の向かいに座るアリシアが不安そうな目を俺に向けていた。

「どうしたの？　アリシア」

「あの、今日は大丈夫でしょうかっ！　気分悪くないですかっ？　酔っていませんかっ？」

「はい。大丈夫ですよ。【耐震】のルーン。よくできています」

一週間前から馬車の【耐震】のルーンを書いているのはアリシアだった。

アリシアも熱心にルーンの練習をしているし、任せてみたのだった。

彼女はその出来を心配して、ずっと俺を見ていたのだろう。

一日目は効果があるのかと疑問になるほどに揺れていた馬車だが、それも日が経つにつれて、徐々に揺れが少なくなっていき、今日なんてほとんど揺れていない。

少しの揺れはあるが、出来としては問題ないだろう。その証拠に、数時間乗っているが俺も酔ってはいなかった。

ディアンなんて、隣で寝てしまっている。

こいつは自分の仕事を忘れてるんじゃないか？

「よかった……」

アリシアは胸を撫でおろしたため息をついていた。

教えている身としても彼女の成長はなんだか自分のことのようにうれしかった。

「アリシアの努力の結果だよ。いつも頑張ってるからね」

アリシアは暇さえあれば、ルーンを書く練習をしているのだ。

地面に、壁に、時には空中に、指でなぞるようにルーンを書いていた。

「いえ。初日なんて、本当に申し訳ないことをしてしまいました」

あぁ……。と俺は思い出す。

初めてアリシアに【耐震】のルーンを書いてもらった時は、まぁ、それは、俺が酔いやすいということもあるのだけれど、結構ひどいことになった。どうひどいことになったかを言うのもためらわれるほどに。

「ヴァンが書けば何も問題ないのに、それなのに、こうして何度もわたしに挑戦させてくれるなんて。今日うまくいったのもヴァンの優しさのおかげです」

「俺の師匠の教えなんだけどね。『やらないとうまくならねえだろ』って。俺も一応は教えてる身だし、やらせてあげないと、って思ってるだけなんだ」

だから、優しさとは違うんだろうと思う。教えてる身として当然のことをしているだけだ。

ただ、師匠の言葉には続きがある。

『やらないとうまくならねえだろ。寝んな』

それはないだろ。と、当時から思っている。その言葉通り、俺は睡眠時間を削ってまでルーンの練習をさせられた。ほんとふざけるなよ。

「そうなんですか……。でも、やっぱりヴァンは優しいと思いますよ」

アリシアがにこっと笑う。

「そ、そうかな」

彼女の笑顔に思わず照れてしまう。意識することは少ないが、改めて意識するとアリシアはかなり可愛らしい。

国境には関所《せきしょ》が置かれていた。

一応、山とか、森とか、そういうところを越えていけば関所を通らなくてもいいらしいが強い魔物の出現なども確認されていて危険らしい。あと、もちろんだけど、そんなところ馬車は通れない。

今は関所を通る順番待ちをしている。前には数台の馬車が待っている。

「それにしても本当に助かったよヴァン。無事ここまで来れた」

いつの間にかディアンは目を覚ましていた。

「何をしたというわけでもないと思うんだけど、そう言ってもらえるとうれしいよ」

実際、ここまでの道中、何か問題があったかと言われれば、賊に襲われていた彼らを助けたことと、カフラの街でトロールの群れを相手にしたこと、くらいだ。

しかもトロールの群れに関しては結局、俺は力になれてなかったし。

服を替えたのが功を奏《そう》したのか、アリシアを狙っている人も現れなかった。

実に平穏な旅をしたのではないだろうか。うん。軟禁されているよりずっと楽しかった。自由っていいね。

王都まで二人を送り届けた後は、観光でもして回りたいな。

「そう言えば、ラズバード王国ってどんなところなの？」

俺がそう聞くと、アリシアが答えてくれた。

「自然が豊かな国ですよ！　あ、あの、王都の近くには、えっと、とある逸話《いつわ》のあるすごくきれいな滝《たき》があるんですが、一緒に行ってみませんか？」

すごくきれいな滝かぁ。確かに、見てみたいかもしれない。

「機会があれば行ってみたいね。ところで、逸話って？」

そう聞くと、彼女は顔を伏せて、

「内緒です」

と、小さく呟いた。

「なるほど、デートですか。いい考えです姫様」

何がデートだよ。近衛隊長だろ。ディアンも来るんだよ。

「次！」

馬車の外から声がした。

俺たちの乗っている馬車が関所を通る順番がやってきたようだった。御者の人だけでなく、ラズバード王国に入国する俺たちも手続きをしないといけないようだったが、何事もなくすんなりと終わった。

馬車がまた走り出す。

「そう言えば、あれから賊なんかに襲われることもなかったね」

俺がそう言うと、ディアンは少し難しそうな顔をした。

「どうしたの？」

「……もしかしたら、敵は俺たちの国の方にいるのかもしれない……。って、思ってな」

「ラズバード王国に、あの賊たちの仲間がいるかもしれないということですか、ディアン？」

アリシアが不安そうに言った。

「ええ。まあ、もしかしたら、という話ですけど。それに、俺たちがラズバード王国の人間と敵もわかってるはずです。待ち伏せをされている可能性は十分考えられます。一応警戒はしておいたほうがいいかと」

「そっか。じゃあ、王都までは気が抜けないね」

「そうだな。ヴァン。悪いな。まだお前を頼らせてくれ」

「元々王都までついていくという依頼だったから。全力は尽くすよ」

「ふっ。心強いよ。じゃあ、行こうか」

こうして、俺たちは、一層《いっそう》気を引き締めてラズバード王国に入ったのだった。

＊

これは、七英雄の一人、ヴァン・ホーリエンを追放してから二週間後のこと。

グラン王国の王宮では、英雄会議と呼ばれる会議が開かれようとしていた。

この会議はその名の通り、七英雄と国王、それから数名の許された者たちで行われる会議だ。グラン王国において、最も影響力のある七英雄が一堂に会するこの会議は実質的な国会と化している。

そんな国の行く末を決める大事な会議の直前、会議場はいつもと違った雰囲気に包まれていた。

「おい！　アグニ！　てめえんとこ最近さぼってんだろ！　届いてる武器の質がわりいって報告が上がってんぞ！」

それは大剣を背負う男、七英雄の一人、剣聖カイザー・エデンの一言から始まった。

燃えるような赤髪を逆立てて、円卓上《えんたく》に足を置く彼は、誰が見てもいら立っていた。

「さ、さぼっているだとぉ！　わしらは誠心誠意《せいしんせいい》、変わらない質と向上心を持って武具を作らせてもらっておるぞ！」

そう反論したのが、七英雄の一人、鍛冶《かじ》王アグニ・シャッカ。

鍛冶をするために鍛え上げられた肉体は、この会議場に、彼のための特製の椅子を用意させるほど大きい。

「それよりもぉ。ハンスさん。物資が届いてないんだけどぉ。どういうことぉ？　これじゃあ、戦線を維持できないわよぉ」

大きな三角帽子に、黒のローブをまとった女性が、ゆったりとした口調でそう言ったのは七英雄の一人、魔女ルーアン・キュリエット。

ハンスと呼ばれた男は丸眼鏡《まるめがね》をクイッと上げて、円卓上にばさりと、紙束を投げつけた。

グラン王国の商会をまとめ上げている七英雄の一人、商会議長ハンス・ホードは言った。

「物資は送っている。ただ、最近事故が多い。馬車の欠損《けっそん》。魔物の襲撃。そして、それらが引き起こす遅延によって腐《くさ》る食材。戦線だけではない。グラン王国の物流全体が今は滞《とどこお》っている」

「うっわぁ。そんなことになってるんだ。戦線下げよっか。魔族への攻撃じゃなくて、とりあえず防衛に回れば余裕はできると思うし。物流がもとに戻るまで、様子見よっか」

円卓にばらまかれた紙束に精一杯手を伸ばして、自分のもとに手繰《たぐ》り寄せて、ぱらぱらと流し読みをし始めたのは、国の軍隊の総司令官を務める七英雄の一人、賢者クラネス・ペルカだ。

「どう思う？　拳神ちゃん？」

クラネスの目の先には、先ほどからずっと黙っている、銀髪の少女がいた。

興味がなさそうに、じっと自分の席に座っているのは、七英雄の一人、拳神リッカ・クーシェン。

「どうでもいい。わたしには関係ないから。それより、ヴァン兄は？」

その言葉に会議場が静まる。

「あいつが遅刻《ちこく》なんて珍しいな」

「そうじゃのう。いつも一番におるからのぉ」

「まぁ、いいんじゃなぁい？　あの子にはいっつも苦労かけてるしぃ」

「時は金なり。……だが、それ以上にあいつは金を稼がせてくれている。俺もあいつには頭が上がらんからな」

「後で様子見に行ってみようか。彼には本当に辛い役回りをさせて申し訳ないなぁ。まぁ、国の方針で仕方ないことではあるんだけど」

そんな中、会議場の扉が開く。

七英雄全員の目がそちらを向く。

「待たせたわね」

入ってきたのは、リューシア・グラン女王とヴァンの代わりに七英雄となったガルマ、そして新たな宰相となった男。

七英雄の彼らからしてみれば、見知らぬ男が二人もついてきていたので、彼らは少し面食らっていた。

「リューシア王女。お久しぶりです。デューク陛下はどちらに？」

代表としてクラネスが尋ねるが、リューシアは何も答えず上座《かみざ》に座る。いつも、国王が座っている席だ。

そして、その左右に二人の新顔がつく。口を開いたのは新宰相だった。

「七英雄の皆様。本日はお集まりいただきありがとうございます。英雄会議の前に、ご報告があります」

全員が、静かに次の言葉を待っていた。

「この度、リューシア様が女王として即位されました。それに伴い前宰相も退任され、わたくし、クロウ・シャードが宰相を務めます。では、挨拶はこれくらいにして、英雄会議を始めましょう」

「待って」

クロウの仕切りに口を出したのは、拳神リッカだった。

「ヴァン兄がまだ来てないけど、いいの？」

それは七英雄全員の疑問だった。誰もが、リューシアに目を向けている。

そして、そのリューシアは、高らかに笑った。

「あっはっはははは！　それについては、あなたたちにいい知らせがありますわ」

「いい知らせ？」

「えぇ。あの七英雄、いえ、元七英雄のヴァン・ホーリエンは法に従い、王宮より追放としました！　あの働かない男には、なぜか七英雄という座も与えられ、しかも多額の給料が支払われていました。あなたたちも納得いってなかったでしょう？　ですが！　わたしが女王になった今、そんな不正は許しません。王宮から一歩も出ず、誰にでもできるルーンを書くしか能のないあいつを、わたしがついに、王宮より追放することに成功したのです！　そして、新たにルーン魔術師として七英雄に加わるのが、このガルマ・ファレンです！　彼はとても優秀で、きっと、あの金食い虫とは違い、戦地に赴《おもむ》いても活躍してくれるでしょう！」

リューシアがガルマをそう紹介すると、ガルマは一歩前に出る。

その間、七英雄は全員、ぽかん、と一点を見ていた。

（ふふっ。みんな早速のわたしの仕事ぶりに驚いているわね。それにしても、賢者クラネス君はいいとして、他はなんて華のない。さっさと他も七英雄から降ろして、イケメンに揃えたいわ）

と、一人的外《まとはず》れなことを考えていた。

「これからよろしくな。先輩たち。それと、あんたらもちゃんと働かねえと、あのヴァンみたいに追放されるぜ。いや、あんたらは外で野垂れ死にしそうもないし、極刑のほうがいいか。はははははは！」

その時だった。

七英雄全員が無言で立ち上がる。

そして、

「やべぇやべぇやべぇ！　あいつを追放だぁ!?　くそ、部下に知らせねぇと！」

「わ、わわわわ、わしは知らんからな！　戦える奴が捕まえてこい！」

「あぁ……。あの子が敵に回るかもしれないってことはぁ。……。田舎に帰ろうかしら」

「なるほど。物流が滞っていた理由はそれか。確かに、あいつのルーンに頼りきりになってしまっていたところはあったからな……。ふむ、すぐに、対策を立てないといけないな」

「ヴァンがいないのかぁ。こりゃ戦線の維持は無理だね。防衛するしかないかぁ。って、リッカ？　どこに行くの？」

「わたしは、ヴァン兄を探しに行く。もうこの国には戻らない。……かも」

各々《おのおの》勝手に行動し始める七英雄にリューシアは大声を上げた。

「待ちなさい！　なになになに？　一体どうしたっていうの！　あなたたち」

それに答えたのは剣聖カイザーだ。

「リューシア王女。って、女王になったんだっけ？　まあ、んなこたどうでもいい。あんた大変なことをしてくれたな」

「な、何よ！　わたしが王女になったのがどうでもいいって！　それに、わたしは無能を追い出したのよ。もっと褒められるべきでしょう！　実際、あの男は前線に出ないじゃない」

「あいつを前線に出さずに王宮にずっといさせたのは、あいつが一番強いからだ」

「へ？」

「そりゃあ、そうだろ。じゃなきゃなんかあった時、誰が国王を守るんだよ！　あいつはな……。一人でこの国の繁栄を支える、『門外不出のルーン魔術師』なんだよ！」

その言葉にリューシア女王は固まる。

「う、うそ、よね……。ねえ、嘘でしょっ⁉　嘘って言いなさい！」

「ちっ……。自分の目で確かめるんだな。って、こんなことをしてる場合じゃねえ」

そう言ってカイザーは慌てて会議場を出ていく。

「まぁ、王宮にずっといたのは一番強いだけが理由じゃないがなぁ。奴の古代ルーン魔術は、ちゃんと理解して書ける奴は他におらんからのぉ」

「こ、古代ルーン魔術っ⁉」

驚いていたのはリューシア女王が新しく七英雄にしようと目論《もくろ》んだガルマだった。

「な、何よ。古代ルーン魔術って」と、リューシア女王が説明を求める。

「失われた技術じゃよ。誰にでもできるとお主は言っておったが、わしの知る限り、あれは奴と奴の師匠にしか書けん。なぜかは知らんがな」

「なななな、なんでそんなものがあいつには使えるの⁉」

「さあのぉ。わしらも、奴の過去はそれほど知らんのじゃ」

「ぐぅ……。じゃあ、捕まえてきなさいよ！　あなた！　魔女ルーアン！　魔女って言われるくらいならできるでしょ！　あんな魔法もろくに使えない男くらいパパっと捕まえてきてちょうだい！」

「それは無理ねぇ。確かに、魔法なら私のほうが上だけど、ヴァンと真正面からやってもわたしには勝ち目がないわぁ」

「なぜだ！　ルーン魔術は準備に時間がいる。不意を打ったり油断させたりすればいいだろ！」

ガルマが吠《ほ》える。

「二流の腕じゃぁ、そうかもねぇ。でも、あの子はルーンがなくても戦えるわぁ。不意を打っても、うまく時間を稼がれて、いつの間にか逆転の手を打たれてる。あの子にそういう自覚はないみたいだけど、そういう風に鍛えられたみたいだからねぇ。さてと、じゃぁ、わたしは田舎に帰るからぁ。あの子が帰ってきたら戻ってきてあげるわぁ。それまで、じゃあねぇ」

その瞬間、魔女は姿を消す。

一瞬で姿を消せるほどの魔法を扱える魔女がさじを投げたのだ。

「く〜〜〜〜！　ハンス！　いくらお金を使ってもいいわ！　あなたたち商会が捕まえてきなさい！」

「それは無理な相談ですね、女王陛下。あいつがいなくなり、物流が滞り、あいつのルーンによる収入も見込めない。あいつを捕まえるのに金を使えば、国が崩壊します。大体いくら使えば捕まえられるのかわかったもんじゃない」

「……。クラネス。あなた賢者なんでしょ？　何か案は？」

もう疲れ切った様子のリューシア女王にクラネスがクスクスと笑いながらとどめを刺す。

「ないですね」

「なっ……」

「あのバケモノを捕まえるなんて無理ですよ。できることは、敵対してこないように祈るだけです。まあ、ヴァンの性格からして復讐《ふくしゅう》とかは考えていないでしょうけど」

「じゃ、じゃあ、一体どうするのよ……」

「とりあえず、国防に力を回しましょう。ヴァンがいなくなった今、我が国力は桁違《けたちが》いに落ちているでしょうから。話はそれからです。ルーアンもどっか行っちゃったし、リッカもヴァンを探しに行くって出ていったし、このピンチを他国や魔族の連中に知られると厄介《やっかい》だ。いろいろしないといけないことが増えましたねぇ。ま、僕は楽しいんでいいですけど」

グラン王国の実権を握る七英雄をもってしてバケモノと言わしめるヴァン。あの男が、どんな人物だったのか、まだリューシア女王には計り知れない。だが、七英雄の慌てぶりを見て、大変なことをしてしまったのではないかと、そう思ったのだった。

＊

英雄会議の次の日。

グラン王国王都。そのはずれにある草原に、そうそうたる顔ぶれが集まっていた。

まず、リューシア女王。そして、彼女の側近として宰相のクロウ・シャードと、リューシア女王が新たに七英雄に任命した、ガルマ・ファレン。

さらには、女王を護衛するために数人の兵士がついている。

加えて、七英雄の剣聖カイザー、鍛冶王アグニ、商会議長ハンス、賢者クラネス。

どこかに行ってしまった魔女ルーアンと拳神リッカ、そして追放されたヴァンを除けば、今集まれる七英雄が全員いた。

「それで、何を見せてくれるって？　こっちも忙しいんだ。さっさとしてくれ」

剣聖カイザーが面倒くさそうに言う。

「そう言うな。カイザー。今日は、わたしとガルマの名案を見せたくて呼んだのだ」

「名案？」

こんな大変な時に、こいつは何を言っているんだ、とカイザーはリューシア女王を細い目で見据える。

「まぁまぁカイザー。それで、リューシア女王陛下、名案というのは？」

カイザーをなだめ、聞いたのは賢者クラネス。

ふふっ、と小さな笑いをこぼし、リューシア女王は誇らしげにする。

「お前たちは、ヴァンがいなくなったことに焦っておったな？」

「まぁ、仕事も増えますし、回らないところも出てきますからね。戦力もがた落ちですし、何より、あのバケモノを解き放ってしまったという不必要な不安もありますからね」

「だったら、代わりがいればいいのではないか？」

「代わり、ですか？　確かに、代わりがいれば、今よりはまだましになりますね。でも、古代ルーン魔術を使える人物に心当たりはないんですが……」

クラネスは頭の中で、古代ルーン魔術を使える人物をリストアップするが思い当たる人物は二人しかいない。ヴァンと、その師匠だ。

「俺だよ」

前に出てきたのは、金髪を獅子のように立てている男だった。

「……。誰だっけ？」

「誰だ？」

「なんか見たことがあるのぉ」

賢者、剣聖、鍛冶王、と、三人がじっとその男の顔を凝視してそう言った。

金髪男が青筋《あおすじ》を立て、怒鳴り上げる寸前。

「ガルマ・ファレンだ」

ぽつりと声が響いた。

「ヴァンの代わりとして、不相応にも七英雄に選ばれた男だ。お前たちも昨日会っただろう」

「あぁ！　あの時の！」

「いたかぁ？　こんな奴」

「そう言えば、おったのぉ」

「それで？　彼がヴァンの代わりになるって、古代ルーン魔術が使えるってことですか？」と、クラネスが問う。

「い、いや、それは……。無理だが」

クラネスの言葉にガルマが気まずそうにする。

しかし、それも一瞬で、彼は懐から、二つの黒い塊を取り出した。石炭だ。そして、それには、それぞれ紙が貼り付けてあった。

「だが、俺は見つけたんだ！　まだ使っていない奴の【爆発】のルーンが書かれた紙を！　こっちが奴のルーン！　そして、こっちは俺が完璧に書き写したものだ！」

彼が取り出したのは、手頃な大きさの石炭にルーンの書かれた紙を貼ったものだった。

「他にも、まだ残っている奴のルーンはある。それを複製すれば、あんな男は必要ない！　俺がいれば十分だっ！」

そういうわけではないんだけど、とクラネスは心の中で呟く。

ただ、それを彼に言ってもしょうがない。

とりあえずは彼が使えるかどうかを見極めるほうがクラネスにとっては先だった。

「ないものねだりしてもしょうがないもんね」

「クラネス。何か言ったか？」

「ううん。何も。じゃあ、ガルマ、だっけ？　今日はそれを見せてもらうために呼ばれたってことでいいのかな？」

ガルマが自信ありげに鼻を鳴らして答える。

「ああ、そうだ」

「本当にできるかのぉ」

「無理だろ」

「金になればいいが」

七英雄の面々はまるで期待していなかった。

一方で、

「ガルマは、王都学院のルーン魔術学科を首席《しゅせき》で卒業した天才よ。できないはずはないわ」

「えぇ。ガルマならできるはずです」

と、女王側は自信満々だ。

ヴァンを知る者と、知らない者。それで期待のありようはまるで違った。

「ま、とりあえず、見てみよっか。じゃあ、ガルマ。お願い」

そう言って、ガルマが自分が作ったという方のルーンに魔力を流すと淡《あわ》く光り始める。

「見ろ！　これが、王都学院主席の実力だぁ！」

言いながら、勢いよく投げる。光る石炭が、きれいな放物線を描いて、

――――ドスッ！

地面に落ちた。

「……」

「……」

「……」

少しの静寂が訪れる。

「くっだんねぇ！　なーにが王都学院主席だよ！　こっちは忙しいっつってんだろ！　お遊戯《ゆうぎ》に呼ぶな！」

「さて、わしも帰ろうかのぉ。老体に鞭打《むちう》って来たのじゃが……」

「アグニのその筋肉で老体と言われてもな。とはいえ、とんだ無駄足だったのは確かなようだ。時は金なりという偉大な言葉を知らないのか、全く」

クラネス以外の七英雄は呆れたように踵を返す。

「ま、まてまてまて！　そんなはずはねぇ！　俺はこの国で一番優秀なルーン魔術師だぞっ！　なのに、俺にできねぇはずがねぇ！　そうだ、こっちだ！　こっちの奴のルーン。これだってちゃんと発動するか怪しいだろ！　こっちが間違ってたら、俺のが発動しなかったのもしょうがねぇ！」

ガルマは切羽詰《せっぱ》まったように言葉を吐き、そして、言い終わるとともに、もう片方のルーンにも魔力を込めた。ルーンが起動して、光を放った。

「ほら見ろ。これも光るだけだ！　あいつが、あのヴァンとかいう男のルーンがおかしかったんだ！　いや、だとすると、あいつを持ち上げるお前らもグルなんじゃゃねえのか！」

ガルマは光る石炭を見せびらかすように掲《かか》げる。振り返り、それを視界の端にとらえたカイザーの目つきが変わる。

「ばっ……！」

言い終わるより先に、疾駆《しっく》。

──ガッ。

重たい音と共に、先ほどまでカイザーがいた場所の足元が大きく削れる。

信じられない速度で、ガルマに肉薄《にくはく》したカイザーはその手から石炭を奪い取る。石炭が赤く光り始める。

「ッかやろうがぁっ！」

赫灼《かくしゃく》の石炭が宙を舞う。

それが、放物線の頂点に達しようとした時だった。

──ドゴォォォオオオン！

強烈な爆音と爆風が、その場にいた者たちを包み込んだ。

そして、音と風は流れさって、「ふぅ」、とカイザーのため息がこぼれる。

「馬鹿かお前は！」

ガルマの頭を思いっきりに叩く。だが、それに何を言うこともできず茫然とするガルマ。

「な、なんだ。今のは……」

茫然としていたのは、ガルマだけではない。それを初めて見るリューシア女王も、新宰相クロウも口を半開きにしている。

賢者クラネスが言った。

「あれが、古代ルーン魔術ですよ。ヴァンにしか扱えなかった、失われた技術です。前線では見慣れた光景ですが……。まあ、女王様たちは初めて見ますよね。驚かれるのも無理はありません」

「な、なぜ、俺のは発動しなかったんだ……。なんで、あいつはこんなものを、使えたんだ……。俺は、天才、だぞ」

失意にくれ、膝から崩れ落ちるガルマの肩に手を置いたのは鍛冶王アグニだ。

「そもそも、書き写して発動するようなら、わしらもそうしておる。あまり気にするな。おぬしはおぬしのできることをすればよい」

「アグニは優しいねー。年取って丸くなった？」

「黙れ！　クラネス！　わしはもとより優しいわい！」

「さて、リューシア女王陛下。わかりましたか。自分がどんな人物を追放してしまったか」

リューシア・グランが呟く。

「わ、我は、あれほどのものをつくる人物を、追放してしまったのか……」

「本当は、それを追放する前に気付いてほしかったんですけどね。というか、できれば関わらないでほしかった」

その言葉がリューシア女王の胸を強く抉る。泣き出しそうになるのをこらえて、彼女はクラネスに向き直る。

「ど、どうにかならんのか？　クラネス」

「捕まえるのは、無理ですね。ただ、居場所を探り、話し合うことはできるかもしれません」

「それでいい。やってくれるか？」

「大丈夫です。もうやっていますよ。ハンス、何かつかめた？」

クラネスの問いに、ハンスが眼鏡をクイッと上げて答える。

「カフラの街から、それらしい情報が入っていた。どうやら西に向かったようだ。だが、誰が行く？　俺も、カイザーも、アグニも、もちろんお前も、全員他にやることがあるぞ」

全員が黙る。

「お、俺に行かせてくれ」

言ったのはガルマだった。

「君に？　確かに、君ならいなくなっても大丈夫だけど……。できるの？」

「ああ。俺が説得してみせる。必ずです」

「ふうん……。って言ってますけど、どうですか、リューシア女王？」

「あ、ああ。そう、しよう。任せたぞ、ガルマよ……」

「お任せください女王陛下」

この時、ガルマの心に宿った思いを知る者は、誰もいなかった。

＊

「あれが王都ラズバードだ」

ディアンの目の先、窓を越えて丘を下り草原を挟み、大きな街とその中心にそびえる大きな城。

その街の構造は奇《く》しくもというべきなのか、それとも王都なんてこういうものだというべきなのか、グラン王国の王都とほとんど似通っているように思えた。

その光景を見てかアリシアも少しホッとした様子で、小さな肩を揺らしてため息をついていた。

国境を越えてから数日。まだ狙われているかもしれないという緊張感を持ちながら、ここまで来ていたため、その緊張が少しは和らいだというのもあるかもしれない。

俺はグラン王国の王都と似たその街を見て、なんとなく懐かしいような気分になり、だけど王宮に軟禁されていたこともあって少しだけおぞけを感じていた。

グラン王国とは違うとわかっているものの、俺の心の中には言いようもない不安がぞわぞわと忍び込んできていた。

うぅ……。なんか嫌な予感しかしないなぁ。

ラズバード王国の王様ってどんな人なんだろう？

軟禁してくるような人じゃなければいいんだけど。

俺はふとアリシアに目を向けていた。

王族には強さが求められる。そのせいで、アリシアに「自分は死んでもいい」と言わせてしまう国。

どんな冷血漢《れいけつかん》が王様をやっているんだろう。

俺がいろんな王様の姿を思い浮かべている間に馬車は王都に到着していた。

馬車を降り、王都の地面に足をつけると、あふれんばかりの活気が目と耳に入ってきた。

これまで訪れた街の中で、一番騒がしいようにも感じる。

「行きましょう。ヴァン」

「うん。そうだね」

ラズバード王国ではあまりにも有名なため、深いフードをかぶっているディアンとアリシアの後を追う。

その間も、俺は王都のにぎわいを楽しんでいた。

露店《ろてん》で野菜や果物を売っている人、楽器を片手に歌を歌っている人、走る子供を追いかける母親、王都の外に出るのか装備を着込んだ冒険者たち。いろんな人がこの王都をにぎわせていた。

グラン王国の王都から追い出された時も、もしかしたら、これくらいにぎわっていたのかもしれないが、あの時は淡々と追い出されたので、そんなことを楽しむ余裕はなかった。

「王都の様子が気になりますか？」

俺の顔を下から覗き込むようにアリシアが見ていた。

彼女のきれいな桃色の髪も今はフードの中にその姿を隠しており、その代わりに暖かな炎を湛《たた》えたような瞳が一層際立って見えた。

「うん。ちょっとね。なんか、新鮮で」

「そう、ですよね。グラン王国の王都にいたと言っても、十年間も軟禁されていたんですよね。そうだ！　後で、一緒に街を回ってみませんか？　きっと楽しいですよ」

「でも、アリシアは狙われてるかもしれないんだよ？　危ないんじゃないかな？」

心配する俺の言葉をアリシアはきらきらと顔を輝かせて吹き飛ばした。

「大丈夫ですっ！　ヴァンがいますから！」

どんな理屈？

そんな俺とアリシアを見て、ディアンは「はっはっは！」と笑っていた。

あんたは一回、王様に怒られろ。

＊

などと思っていたのだが、王城にたどり着く少し前から、ディアンの顔つきは俺から見てもはっきりわかるほどに変わっていた。

優しさを感じさせていた瞳は、今では確かな鋭さを帯びている。その姿は、誰がどう見ても兵士然としていた。風格があるというか、とにかくそんな感じ。

「何者だっ！」

城門の前にたどり着いた俺たちを不審《ふしん》がったのか、こちらが声をかける前に門番の一人が手に持った剣を突き付けてきた。

「俺だ。今帰ったぜ」

ディアンがフードを脱ぐと、門番君の顔色はすぐに変わった。剣をしまい、すぐに姿勢を正す。

「ディアン近衛騎士隊長！　よくお帰りなさいました！　ですが、なぜ徒歩で？　しかも、そんな格好で……。それに、アリシア様はどちらに……。も、もしや」

何かを勘繰《かんぐ》り門番君は慌て始める。

「わたしならここに」

今度はアリシアがフードを取ると桃色の髪が、陽《ひ》の光を吸い込んでふわりと膨らんだ。それを見て門番君も、あっ、と目を見開く。

「こ、これは失礼いたしました！　それで、後ろの方は？」

「あぁ。彼はヴァンといってな。俺たちの命の恩人だ。怪しい奴じゃない。むしろ、国賓《こくひん》と言っても問題ない。失礼のないようにしろ」

「わかりました！」

門番君は見事な敬礼《けいれい》を見せる。

「あの、ところで、命の恩人……ということは、何かあったんでしょうか？　お二人のご格好も、馬車がないことも、何かあったかとしか思えないのですが」

「そのことについては国王陛下に申し上げたいと思っている。とりあえず、ここを通してもらっていいか？」

「もちろんです！　開門っ！」

城門が開き、ディアンとアリシアは、王宮の中へと足を進める。

二人が進むのを、俺は立ち止まって見ていた。

「ヴァン様。どうかなされましたか？　どうぞお入りください」

門番君が促《うなが》してくれるも、どうにも城門をくぐろうとすると足が動かなかった。

多分、いや、ごまかさないで言うと怖いんだ。

一歩王宮に踏み入れてしまうと、また出られなくなるんじゃないか。

どうしても、そんな思考が頭に張り付いて拭えない。

足が震えて、手が震えて、自分がどんな表情をしているのかもよくわからなくなって。変な浮遊感に、胃から何かがこみあげてくるような気がした時。

ふと、両手が温かく包まれた。震えも止まった。

「どうしても、と言うなら、ここまででもいい。王都のいい宿を紹介しよう。俺たちは随分とヴァンに助けられたんだ。無理はするな」

「わたしもぜひお父様に紹介させてほしかったのですが……。無理だけはしてほしくないです」

左手はディアンに、右手はアリシアに、優しく握られていた。

両手から感じる温かさに、心の震えも止まったような気がした。

俺は息を大きく吸い込んだ。

「ありがとう。大丈夫。行くよ」

「ヴァン……。何かあれば、すぐに言ってくださいね。軟禁どころか、絶対に、拘束さえさせません。ね、ディアン」

「はい。もちろんですアリシア様！」

二人に手を引かれるようにして、俺はその一歩をどうにか踏み出すことができたのだった。

＊

王城ってどんなところ？

昔、七英雄のみんなに聞いてみたことがある。

クラネスに言わせれば、王様のいるべき場所。

カイザーに言わせれば、堅苦しい場所。

アグニに言わせれば、高い酒の飲める場所。

ルーアンに言わせれば、退屈なところ。

ハンスに言わせれば、取引相手。

リッカに言わせれば、ヴァン兄に会える場所。

全員が全員よく違うイメージを持つものだ、と思った。

そう言う俺もまた違うイメージを持っていたのだが。

俺のイメージは、王城とは牢屋《ろうや》であり家、だ。

それは今も変わってない。

だから、一歩踏み入れるまでは、牢屋に入るみたいにあれだけ臆病になっていたのに一歩踏み入れてしまえば家のようにも感じて、ある程度は穏やかな気持ちになっていた。なんとなく落ち着くというか、そんな感じ。俺がいた王宮じゃないのに、不思議なもんだ。

アリシアとディアンが一緒にいてくれるということも影響しているのかもしれない。

とにかく、俺はなんとか二人に手を引かれなくとも自分の足で歩みを進められるほどには落ち着いていた。

王宮に入るとまず、庭の大きな噴水ときれいな花々が迎えてくれた。きれいに彩られた庭園を二人の後を追って歩く。

兵士のような人や、メイドさんともすれ違う。みんな、アリシアとディアンを見ると、礼儀正しく挨拶をしていた。

ついでに、俺みたいなどこの馬の骨かもわからないヤツにもちゃんと挨拶してくれた。

なんか新鮮だな。グラン王国では俺を見ると避けていく人ばっかだったんだよなぁ。

あの時は、すれ違う人の多くが怯《おび》えるような目で俺を見ていたのだ。何もしないってのに。化け物じゃないんだから。

そんなことを思い返しながら二人の後をついていき、城の中へと入る。

「アリシア様っ！」

エントランスで待ち構えて、アリシアの姿を見るなりそう叫んだ女性がいた。

真新しいシルクのような白く流れる長い髪。少しツンとしたようなきれいな目。それでいて、キツイ感じは与えない整った顔立ち。メイド服を着ているから、彼女はこの城で働いているメイドの一人なのだろう。

ただメイド服の上からでもわかる、出ているところは出て、引っ込んでいるところはしっかりと引っ込んでいるその体つきは美術品のような印象を与える。

年頃は、アリシアより少し上というくらいか。

すっ、と目線を落とすと、その腰のあたりにはショートソードと思われるような剣が差さっていた。

うわっ。メイドさんがショートソード持ってるなんて初めて見たよ。

俺が驚いている間にも、そのメイドさんはぐんぐんとアリシアとの距離を詰めていた。

「アリシア様！　なんですかその格好は！　それにディアンも！　鎧はどうしたのですか！」

「お、落ち着いてミラ」

「落ち着けませんよアリシア様！　大体、戻ってこられるのも、四日前の予定だったんですよっ！

わたくしがどれだけ心配をしていたか……」

まくし立てたかと思うと、今度は涙ぐんでいた。

「ミラ。とりあえず国王陛下と話がしたい。後にしてもらっていいか」

「後にしてって……」

彼女はそのきれいなつり目を逆立ててディアンを睨んだ後、ディアンの表情からその真剣さを感じ取ったのか、口から出かけていた文句を呑み込んでいた。

「わかりました」

そう呟くように答えた彼女は、今度は俺に視線を向ける。

「それで、そちらの方は？」

「あぁ。ヴァンのことか。まぁ、俺たちがこんな格好をしていることにも関係しているんだがな。

賊に襲われて――」

「賊!?」

言うが早いか、ミラは腰のショートソードを抜いてそのまま流れるように俺に向かってくると、

その剣を振り下ろしてきていた。

俺は思わず飛びのいていた。

ガキンッ、と金属と金属がぶつかり合う音が響く。

ディアンも剣を抜き、ミラの剣を受け止めていた。

「ディアン！　なぜ止めるのです！　いえ、そもそも、なぜアリシア様を襲った賊を生かしているのですか！」

「落ち着けミラ！　ヴァンは、賊からアリシア様を救ってくれたんだ！　お前は今、アリシア様の命の恩人に剣を向けているんだぞ！」

ディアンと鍔《つば》迫《ぜ》り合いをしていたショートソードの切先《きっさき》が地面の方を向き、ミラの肩から力が抜けるのがわかった。それから、茫然としたように、俺を見つめていた。

「……本当なのですか？」

「本当だ。大体、見ればわかるだろ。賊だったら、流石の俺も縄で縛るなり、何かしている」

ディアンが剣をしまい呆れている横で、ミラはわなわなと震えている。

「そ、そうですよね……。わ、わたしは、なんてことを……」

そのまま地面にへたり込んでしまった。

だ、大丈夫かな？

心配になって見ていると、顔を上げたミラとばっちりと目が合う。

はっ、としたように彼女はすぐに立ち上がったかと思うと、その腰をきっちり九十度に曲げた。

地面に向かって垂れる白い髪がベールのようだった。

「本当に申し訳ないことを致しました。この過ちは、我が身をもって必ず償《つぐな》わせてもらいます。ですが、どうか、命だけはご容赦《ようしゃ》いただけないでしょうか！　わたしには、アリシア様が立派になられるのを見届ける使命があるのです！　ですので、どうか、それまでは生き永らえさせてもらえないでしょうか！」

鬼気《きき》迫る彼女に、俺は思わずたじろぐ。なんと言ったものか……。

「え、えーっと、とりあえず、頭を上げてもらえないかな」

「は、はい！」

「まぁ、ちょっとびっくりしたけど、俺は大丈夫だったし今回のことはなかったことにしませんか」

きっとそのほうがミラにとってもいいだろう。

それに、俺だって、賊に見えるか客に見えるか、どちらかと言われれば、賊に見える格好をしているだろう。とても王城に招かれるような格好はしていない。どこかで、服を買っておけばよかったな。

だが、ミラの表情は晴れなかった。

「いえ、それはなりません。わたしは、殺されても文句を言えないようなことをしました。どうか、罪を償わせてください！」

「うーん……」

責任感が強い人なんだろうか？

俺は本当に気にしていないんだけどなあ。

「ミラ」

俺が困っていると、ディアンがミラに声をかける。

「ディアン。本当にごめんなさい。わたしは……。とても失礼なことを」

「まあ、それはそうだが……。それよりもヴァンが困っているだろ。それに、早く国王陛下と話がしたいんだ。この件は後にしてくれ」

「で、ですが……」

「ミラ」

食い下がろうとしたミラだったが、あきらめたように口を引き結んだ。ミラは今にも泣きそうな瞳をこちらに向けて言った。

「本当に申し訳ございませんでした。わたしはミラ・ロットと申します。アリシア様専属の侍女《じじょ》をさせていただいております」

「俺はヴァン・ホーリエンです。その、あまり気にしないでもらえると、俺もありがたいです。誰にでも間違いはありますよ」

「お気遣い、大変感謝しております。この件は、また改めてお詫《わ》びを。ディアン。これから、国王様にお会いになるのですか？」

「あぁ。そうだ」

「アリシア様も同席されるのですか？」

「どうされますかアリシア様？」

ミラとディアンに聞かれたアリシアは頷いた。

「はい。わたしも、ちゃんとお父様にヴァンのことを紹介したいので」

「かしこまりました。それでは、お召し物を替えましょう。それから、ヴァン様は少しこちらでお待ちいただいてもよろしいでしょうか？　メイドを手配しますので。お召し物など、来客用の用意がありますのでそちらをご利用ください。ディアンも、そんな格好で国王様に謁見されるつもりではありませんよね？　いいですか？　ちゃんと着替えてください。では、アリシア様。行きましょうか」

てきぱきと指示を出す様子は、つい一瞬前までの彼女とはまるで別人のようだった。

「ふふっ。ようやくミラらしくなりましたね」

「わたしらしく？　わたしはいつもこうですが。アリシア様は何かありましたか？」

「どうして？」

「いえ、明るくなられたと思いまして」

「そう、ですか？　ふふ。いえ、そうかもしれませんね」

そんな会話をしながら、二人は階段を上がっていった。

「なんか、すごい人ですね」

いろんな意味で。

そんな真意を悟ったのか、ディアンは大きくため息をついた。

「はぁ……。すごいだろ。ミラはアリシア様のことになると周りが見えなくなってな。剣の腕も申し分ないし、もちろん姫様の世話役としては一番の適任だ。幼い頃からずっと姫様と一緒にいるから信頼も厚い。だから、今回グラン王国に行くことになった時にミラもついてくるはずだったんだが、あの性格だからな。何か間違いがあったらいけないってことで、留守番させてたんだ」

「あぁ。なるほど」

なんかわかる気がする。ミラがいたら、アリシアよりミラのほうに気がとられそうだ。

それから他愛《たわい》もない話をしていると、ミラの言った通り、メイドさんが俺を迎えに来てくれたので、そこでディアンとも一度別れることになった。

＊

「お、いい感じになってるじゃないか」

「お世辞《せじ》はいいよディアン」

着替え終わり、メイドさんに案内されて謁見の間に向かう途中に出会ったディアンにそんな風に言われる。

用意されていたのは礼服だった。

ぴしっとした堅苦しい服に着替えさせられて、髪もついでにいじくられた。鏡で見た時はまるで別人で、俺には絶対に似合ってないなって思っていたほどだ。

「お世辞じゃないって。なあ、似合ってるよな？」

「はい。似合っておりますよヴァン様。かっこいいと思います」

俺をここまで案内してくれたメイドさんもそんな風に言ってくれる。

全く、みんなして俺を持ち上げてどうするつもりなんだ。

大体、ディアンの格好のほうが全然印象が変わっているじゃないか。

最初に見た時は、血まみれだったけど、様になっていた鎧姿。

次が、冒険者風の格好。これもワイルドな感じが出て何気に似合っていた。

今は俺と同じような礼服。その姿は意外にもなかなか紳士的だ。

お世辞でもなく、俺よりずっと似合っている。

「そんなこと言うならディアンのほうが随分とかっこいいじゃないか」

「ふむ。ま、それは置いといて」

置いとかれちゃった。なんだこいつ。

「行こうか。ここからは俺が連れていく。ここまでありがとう。下がっていいぞ」

「はい。わかりました」

俺をここまで案内してくれたメイドさんはお辞儀をして去っていく。

「じゃ、行くか。ヴァン」

「あれ、アリシアは？　アリシアも来るって言ってなかったっけ」

「アリシア様は、先に謁見の間に入られてるよ。王族だからな。待つ側ってことだ」

「あぁ。なるほど」

そうだよな。アリシアは王女様なんだ。

国王様の前で『アリシア』なんて呼んでしまわないように気を付けないといけないな。

謁見の間の前に着くと、少しだけ緊張してくる。

アリシアのお父さん、国王がどれだけ怖い人なのかっていうのもあるし、なんだか妙に手首のあたりが寂しい。

手枷がないのはもちろんいいことなのだと思うが、国王に会うといえば、いつも手枷をしていた身からすれば、なんだか手枷がないのが逆に不安になってくる。悲しい習性だ。

扉を開けると、謁見の間には厳《おごそ》かな空気が漂っていた。言葉はもちろん、余計な物音さえも立ててはいけないような気がしてしまう。

前方には大きな椅子があり、そこに国王とおぼしき人物が座っていた。その横には白いローブをまとった老年の男性。さらに隣にはドレス姿のアリシアもいる。

「アリシア王女近衛騎士隊隊長ディアン・ウェズマ。ただいま戻りました」

「入りなさい」

老年の男性がそう言った。

俺はディアンの右後ろについていく。

国王様の顔がだんだんとよく見えてくる。ちょっと渋めの感じ。冷血漢って感じじゃあんまりない。ディアンが膝をつき頭を下げたので、俺も同じように膝をつき頭を下げる。

「報告を」

「はっ！　グラン王国の新しい女王への挨拶は問題なく終えました。ですが、その後、帰国する道中で賊に襲われました。不意を打たれ、我が隊は壊滅しましたが幸運にも通りがかったこの男、ヴァンに助けられ、アリシア様の身を救っていただきました。しかし、彼がいなければ、今頃わたしもこの場にはおらず、アリシア様もさらわれていました。この度の失態、どのような罰も受ける覚悟ができています。陛下の御心のままに」

それは、当たり前だけど、とても真剣な声だった。

さっきまで俺に冗談を言っていたディアンと同一人物とはとても思えないほどだ。

もしかしたら、態度にこそ出していなかったけど俺よりも緊張していたのかもしれない。

いや、どんな罰も受けると言っているのだ。

その覚悟のありようは簡単にわかる。

「面《おもて》を上げろ。ディアン。そして、ヴァン」

優しさを感じさせる低い声だった。

俺たちは顔を上げる。

ゆっくりと視線を上げた先には、声色通り優しく微笑《ほほえ》む国王様の顔があった。

「ディアン。今回のことは、お前の失態もあるが、無事アリシアが帰ってきたという結果を大事にしたい。それにお前の実力は知っているし、そのうえで任せた俺の責任ともいえよう。だが、罰がないというのも示しがつかぬ。そこで、お前の給金の一部で、亡くなった部下の弔慰金《ちょういきん》の補填《ほてん》をすることで罰とする。いいな」

「寛大《かんだい》な処置に、感謝申し上げます」

「ああ。これからも、アリシアを頼むぞ」

「はっ！」

どうやらディアンは国王様にすごく信頼されているらしい。

どうすれば、これほど信頼してもらえるのだろうか。俺なんて十年間働いていても、部屋から出る時は基本手枷をされ、監視の兵士がつくほどの信用のなさだったのに。

「さて、アリシアの恩人よ。俺はラズバード王国国王、レグルス・ラズバードだ。アリシアを救ってもらい深く感謝している。よければ改めてあなたから名を教えてもらっていいか」

なんだか、俺が勝手に持っていたイメージとだいぶん違う人だった。

顔立ちも冷血漢って感じじゃなくて、凛々しい雰囲気だ。

「わたしはヴァン・ホーリエンと申します」

「ふむ。そう硬くなるな。……と言っても、場所も悪いな。ゼフ。形式的なことはこれくらいでいいだろう。談話室で話そうじゃないか。何があったかもう少し詳しく聞きたいからな」

レグルス国王がそう言うと、ゼフと呼ばれた老年の男性が頷いた。

「かしこまりました。では、わしについてきてくださるかな、ヴァン殿」

「は、はい。わかりました」

これ、ちゃんと解放されるんだよね？

少しだけ不安になりつつも、俺はゼフさんの後をついていくのだった。

＊

実際、部屋を移動したって緊張がほぐれるわけではないだろう。むしろ緊張は高まってしまっている。

国王であるレグルス様、宰相のゼフさん、ドレス姿のアリシアと礼服を着たディアン、俺の五人が一つの大きな机に同席している。

なぜか国王の向かいの席には俺。謁見の間よりもずっと近く、お互いが手を伸ばし合えば机の上で手をつなげるだけの距離で座っている。

これで緊張しないわけがないのに、さらにあろうことか隣に座るアリシアが肩がくっつくんじゃないかってほどに俺の近くまで席を移動している。

ディアンも国王の手前なのか、最初は注意をしていたのだがアリシアは全く聞く耳を持っていなかったし、レグルス様も黙ってその様子を見て、それから俺に鋭い視線をくれていた。え、これ俺悪くないよね？

こんな状態にあって緊張がほぐれるわけもなく、むしろ席に着いてからずっと早鐘《はやがね》を打つように心臓が脈打っている。

そんな状態で、「では、ヴァンよ。お前のことを詳しく聞かせてもらってもいいかな」なんてレグルス様が言うもんだから、俺はまるで砂漠に放り出された魚のように干からびた口から必死に声を絞り出して説明したところだ。

グラン王国で十年間、宮廷ルーン魔術師として城から一歩も外に出ることなく働いていたこと。

俺の仕事を代わってくれる超優秀な人が現れたこと。

お金を不正にだまし取っていたなんて罪を着せられて、王都から追放されたこと。

そして、倒れているディアンに出会ったこと。

そこまで話して俺が一息つくと、レグルス様は「ふむ」と一言。

「全く、ひどい話だと思いませんかお父様！　代わりがいるからって罪を着せて追放するだなんて」

アリシアは机に身を乗り出していた。

「ふむ。ヴァン。金を不正にだまし取っていた罪を着せられたと言うが、本当に無実なのか？」

「えっと。そう言われると、証拠は出せないんですが……」

「お父様っ！　ヴァンを疑うなんてあんまりです！　わたしを救ってくれたんですよ！　大体、ヴァンに嘘をつく必要がどこにありますか！」

「そ、そうだな。確かに、ヴァンが嘘をつく必要性がないか」

レグルス様は少し驚いたようにたじろぐ。

「それで、どうでしょうかお父様。しばらくヴァンに王宮の部屋を貸すというのは」

「ふむ。アリシア。落ち着きなさい。ディアンが倒れているというところまで聞いたが、そこでアリシアたちはヴァンに助けられたのか、ディアン？」

「はい。本当に、死ぬかと思いました。俺は傷を負っていてヴァンのルーン魔術で治してもらいました」

「ルーン魔術で傷を？」

「はい！　ヴァンのルーン魔術はなんでもできます！」

アリシアがまた机に乗り出し、またレグルス様は驚かれていた。

「ですから、ヴァンが王宮にいれば困った時に頼れます。ぜひ、ヴァンに部屋を貸しましょう！」

なるほど。要求を通すためには、確かに対価の提示は大事だろう。でもいいんだよアリシア。そこまでしなくても。あと、なんでもはできないんだ。ヴァン、ごめんね。

「アリシア。落ち着きなさいと言ってるだろう。ヴァン、続きを聞いてもいいか？」

アリシアは少しむくれた様子で、椅子に座り直した。

「では、続きを。えっと、ディアンに頼まれてアリシア様を助けに賊を追って、なんとか救出できました」

「そして泣いてしまった私をヴァンは優しく抱きしめて、わたしが泣き止《や》むまで胸を貸してくださったんです」

「抱きしめてはないですって！　その、胸は貸したかもしれませんが」

流石に誤解を生む言い方だったので思わず声を上げてしまった。

あの時はどうしていいかわからず、どうにか泣き止むまで声をかけたりすることで精一杯だった。

決して抱きしめてなんていない。

「ふむ。胸は貸した、と」

それはいいですよねっ！

その言葉を俺はどうにか呑み込んだ。

やましいことなんてないが、きっと下手なことは言わないほうがいいのだ。

俺の勘がそう告げている。

「ヴァン。続きを」

「……賊たちは、依頼を受けてアリシアを狙っているようでした。だから、また狙われるかもしれないということで俺は二人の護衛の依頼を受けました。それと、その間だけでも、アリシアにルーン魔術を教えてほしいと頼まれたのでルーン魔術を教えました」

「ふむ。賊、それにルーン魔術を教える、か」

「それから、カフラという街に着いて――」

「待ってくださいヴァン！　ヴァンと一緒に寝たことを報告し忘れてますっ！」

「あ、アリシアっ！　それは……」

報告し忘れたんじゃなくて、しなかったんですよ！

やましいことはしてないけど、聞いただけだと絶対にいろいろ誤解を生むじゃないですか！

恐る恐る、レグルス様の顔を見ると、少しだけ眉が曲がっていた。

焦った俺はディアンの方を向く。

「あ、あの。本当にやましいことはなくて、えーっと、だよねディアン！」

俺の力だけではどうしようもないと思いディアンを頼る。ちょっと不安だけど頼って大丈夫だよね!?

「はい。それについてはわたしが命に代えても保証いたします」

ディアンは意外というべきか、真面目に答えてくれた。

「そうか。わかった信用しよう。続きを」

助かった。ありがとうディアン。心の中でお礼を言って俺は続ける。あぁ、早く終わってくれ。

「それから、カフラの街で二人が着替え、次の街に向かうことになったんですが、トロールの群れが道中に現れたというので、ディアンともう一人冒険者がいたんですが、その二人がトロールの群れを全滅させせました」

「ヴァンあってのことだ」

「それと、屈強な冒険者たちに追われるわたしを抱きかかえて助けてくれました」

「アリシア様っ！　流石にいろいろと語弊《ごへい》がありますって！」

「ふむ。八面六臂《はちめんろっぴ》の活躍だな、ヴァン。続きを」

大丈夫か？　誤解してないか？

「えーっと、それで、その後は特に何もなくここまでたどり着きました」

「なるほど。よくわかった。それにしても賊、か。アリシアを狙って依頼を出した者がいるというのも気がかりだな……。ディアン。お前はどう見る？」

「はい。わたしは、依頼主はこの国の者の可能性もあると見てます」

「なぜだ？」

レグルス様が眉をひそめる。

「はい。わたしの考えですが、今回、グラン王国を訪問するにあたり、アリシア様とわたしたちが出ると知っていたのは王宮にいる人物たちだけです。馬車も鎧も、ラズバード王国の紋章がない物を使用していました。加えて……。こう言うのは失礼かもしれませんが、国外にアリシア様の顔は知れ渡っていません。なのに、アリシア様を名指しで狙っていた、となると。それは、アリシア様をすでに知っている人物しかあり得ないように思えます」

意外だ……。ディアンがそこまで考えてたなんて。

レグルス様も納得したように頷いている。

「なるほど……。ゼフはどう思う？」

聞かれたゼフさんは顎鬚《あごひげ》を撫でながら、少し考えるようなそぶりを見せ口を聞く。

「そうですな……。わたくしも同じ考えに至るかと。わかりました。まずは、信用できる者を集めて王宮内の人物を調査させましょう。騒ぎ立てないように、とするなら少々時間はかかりますが」

「構わん。やってくれ」

「わかりました。では、計画を立てておきましょう」

「頼むぞゼフよ。さて、ヴァン、ディアン。報告は以上か？」

レグルス様の問いに答えたのはディアンだった。

「以上です、陛下」

「そうか」

レグルス様はそう呟いて少しだけため息をついた。

なんだか少し思いつめたような、そんなため息だった気がする。

「わかった。ディアンはアリシアを部屋に戻せ。そして、必ずミラかお前のどちらかが護衛についていろ。いいな？」

「はっ！　命に代えても、アリシア様をお守りいたします」

ディアンは立ち上がり、見事な敬礼で答えた。

「うむ。行きなさい」

え、行っちゃうの？

っていうか、俺は？

その疑問を恐れ多くて口に出せなかった俺の代わりにアリシアが声を上げていた。

「あの、お父様！」

「どうした？」

「ヴァンは……」

「わかっている。悪いようにはしない。俺が少し話をしたいだけだ。さぁ、部屋に戻りなさいアリシア」

アリシアは少し伏し目がちになった後、俺に心配をかけないようにか、慌てて笑顔を取り繕っていた。

「それではヴァン。また後で」

「はい。また後で」

俺も心配をかけないように精一杯平静なふりをした。

内心ではドキドキしっぱなしだ。

だって……。

部屋を出ていくアリシアとディアン。

残されたのは俺と宰相のゼフさんとレグルス様だけだ。

「あまり警戒をしないでくれ。アリシアのことで本当に少し話したいだけなんだ」

あぁ。やっぱり怒られるんだろうか。いや、さっきの話の誤解が解けていないなら、最悪死罪とかもあるのかな。

もう軟禁でも牢屋でもなんでもいいや。

せめて生きていられますように。

そんなことを考えながら国王様の言葉を待った。

だが、国王様はなかなか口を開かず、その場は静寂に包まれていた。

俺とレグルス様。そして、宰相のゼフさん。全員が、口を閉ざしていた。

……。

いや、もしかしたら俺が切り出すべきなのか？

だけど、一体何を？

大体、ここに俺を残したのはレグルス様のほうだ。

しばらく視線を置く場所も定まらないままに言葉を待っているとレグルス様がまた、ため息をついた。

やっぱり、憂いに満ちたような寂しげなため息だった。その瞳もどこか優しさに満ちている。

やっぱり冷血漢のようには見えない。

「ようやくまとまった」

「まとまった、ですか？」

「あぁ。君と話さないといけないとは思い、この場に止《とど》めたが、いざ、となると、言葉は出てこないものだな」

国王様でもそういうことはあるのか、と少し親近感を覚えてしまう。

なんだか、俺のほうも緊張が少しだけ解けたような気がする。

「まずは、礼を言わせてもらう。娘を助けてもらい、そして、ここまで護衛をしてもらい本当に感謝している」

いきなり両手を机につき、頭を下げるものだから、俺はぎょっとして数秒ほど言葉を失った。

「れ、レグルス様っ！　何もそこまでしていただかなくても。お言葉が貰えただけでも身に余ります！　頭を上げてください！」

国王様に頭を下げさせるなんてあっていいはずがない。

俺の言葉は無事に届いたようで、すぐにレグルス様は頭を上げた。

「それに、それだけじゃない」

「他には、何もしていませんが」

本当に心当たりがない。

「アリシアがあれだけ元気なのは、久々に見たよ」

「あっ……」

意外だった。

レグルス様はきっとアリシアのことなんて気にしていないだろうと思っていたんだ。レグルス様のほうからアリシアの話題を振られるとは思ってもいなかった。それも、そんなにうれしそうに言うとは……。

俺はまさに呆気《あっけ》に取られていた。

「この国のことは、どこまで聞いている？」

なんと言えばいいのか話の行く末を見失った俺にレグルス様が道筋を立てる。

とりあえずは、その道筋に従う他ないだろう。

「王族には力が求められ、魔力の少ないアリシアは冷遇されていると。俺が聞いたのはそのくらいです」

「そうか。ほとんど間違いではない。だが補足をするなら力が求められているのは何も王族だけではないということだ」

「貴族も、ですか？」

「あぁ。それから大臣や宰相にも力が求められる。このゼフも、もとはただの兵士の一人だった。魔族との戦いで武勲《ぶくん》を挙げて宰相の地位まで上り詰めた。この老体でも、そこら辺の兵士よりはずっと強いぞ」

「お戯《たわむ》れを。老兵を買いかぶりすぎでございます。いつ誰にこの座を奪われるか、といったところでしょう」

ゼフさんはそう言って笑った。しゃがれた声が無機質《むきしつ》に部屋に響く。

「お前こそ冗談を言うな。まだ誰にも代わる気がないくせに。っと、そうじゃないな。俺が言いたいのは、この国はそうやって発展し、強大な周辺諸国や魔族から領土を守ってきたということだ。血よりも力。それが我が国の方針だ。力があれば、貴族にでも、宰相にだってなれる。だが力がなければ、地位は約束されない。それがこの国だ」

「つまり、王族も取って代わられることがある、ということでしょうか？　だから、王族でも魔力の少ないアリシアは冷遇される、と」

「そう考えるのが自然だろう。だが、そうではないんだ。そして、それが事を面倒くさくしている。次期国王が王族以外から選ばれることはない。血の濃さと生まれた順により継承《けいしょう》順位が付けられる」

「じゃあ、なぜアリシア様に冷たい態度を？　アリシア様は、自分のことを『死んでもいい』とまで言っていました。どうして、そこまで言わせるほどに……」

「そうか。アリシアは、自分のことをそう言っていたのか」

また、少しの沈黙が流れる。レグルス様は、どこか悲しそうだった。

「俺が無条件にアリシアを愛してしまえば、力があれば成り上がれるのだ、と信じてついてきてくれる臣下に示しがつかないからだ。だから、俺はアリシアに冷たい態度を取るしかできなかった」

つまり、どういうことだ？

えっと、アリシアは力がないから冷たくされてると思っているけど、レグルス様は臣下に示しがつかないから、仕方なくそうしている。

仕方なくってことは……。

「レグルス様は、本当はアリシア様のことを……」

ふと呟いてしまった言葉に、レグルス様が頷いた。

「あぁ。愛している。だが、国を守ることと娘を愛することを同時にできるほど、この国はまだ強くないんだ。今回のようなこともあるだろうと覚悟はしていたが、なかなか帰ってこないアリシアを俺は本当に心配したよ」

「そうだったんですね……。あの、仰られてることは大体わかりました。ですが、どうして私に打ち明けられたのですか？　私は部外者だと思うんですが、いいのですか？」

そう。俺はいわば部外者なのだ。

宰相や大臣でもなければ、この国の民でもない。

ただ、護衛の依頼を受けて、アリシアとディアンについてきただけの部外者。

そんな俺に、なんでこんな大事な話を打ち明けたんだろう。

「君を信用してのことだ。君はアリシアの命の恩人でもあり、そして何よりアリシアに好かれているようだからな。あんなアリシアは久しぶりに見たよ。本当にうれしかった。だから、あれだけ楽しそうなアリシアの姿を見せてくれた君に、勘違いをしてほしくなかったんだ。俺がアリシアを大切に思っていることはゼフと妻と君しか知らない。できれば、内密《ないみつ》にお願いしたい」

きっと、これを打ち明けるのには、相当の覚悟が必要だったのだろう。

だって、この国の根幹《こんかん》に関わることじゃないか。

もちろん、内密にと言われている以上、俺はそんなことをばらしたりはしない。だけど、なんだか知ってはいけないことを知ってしまったような気がして少し心がざわついていた。

「わかりました。誰にも言いません」

「助かるよ。さて、つまらない話に付き合ってもらって感謝する。君は国賓として扱わせていただこう。ぜひくつろいでいってくれ。ゼフ。空いている部屋に案内をしてやってくれ。それから、数日時間は貰うが、アリシアを護衛してくれた報酬を準備させてもらう。それで構わないかな？」

「い、いいえ。そんなそこまでしていただかなくても……」

「何を言っている。ぜひ、もてなしをさせてくれ。娘を救ってもらい、何もしないなど、それこそ俺の沽券に関わる」

「あ、あの、じゃあ報酬だけで……」

「もしかして、すでに泊まる当てがあるのか？」

「そういうわけじゃないんですけど」

あぁ、俺の馬鹿。なんで正直に言っちゃうんだ。

「？　では、泊まっていってくれ。俺からの頼みだ」

そこまで言われて、俺は断ることができなかった。意志薄弱《いしはくじゃく》。そう言われたって仕方がない。

力なく頷く。

「は、はい……」

「それでは、ヴァン殿。わしについてきてくださるかな」

「はい……」

俺はゼフさんの後をついていく。

あぁ。このまま軟禁されちゃうんだろうな。

なんで俺は人の頼みを断れないんだ……。

そんな自分の性格を恨みながら、俺は案内されるままにゼフさんについていくのだった。

＊

ゼフさんに広々とした王宮内を案内されつつ一つの部屋の前にたどり着く。

「それではヴァン殿。こちらの部屋をご自由にお使いください」

皺の入った顔で柔かく笑顔をつくってそう言うが、『ご自由に』なんてのは彼なりの方便だろう。

俺の軟禁生活はまたここから始まるのだ。

机とソファだけが置かれた狭い部屋で、日夜ルーンを書くだけの生活がまた始まるのだ。

「どうかされましたかな？」

「いえ、昔のことを思い出したら少し悲しくなって……」

そして、これからあの生活に戻ると思うと、もっとだ。

「そう言えば、グラン王国の王宮では軟禁をされていたと仰っておられましたな。王宮を案内しているうちに思い出されてしまいましたかな？」

「まぁ、そんなところです」

「ほほほほ。いつかその心の傷が癒えるといいですな」

ゼフさんは笑いながら、そんなことを言う。

むしろこれからまた増えそうなんですが。

「それでは、ヴァン殿《どの》。わたしはこれで失礼いたします。後は、部屋の前にメイドを待機させておきますので、何かあれば使ってやってくだされ」

「よろしくお願いします」

少し前から一緒についてきていたメイドさんが頭を下げる。

彼女が俺の監視役といったところか。

ゼフさんが立ち去ると、メイドさんが部屋の扉を開けた。

「ヴァン様。お部屋へどうぞ」

「う、うん。……って、えっ。何、この部屋」

部屋を見た俺は、思わずそう声を漏らしていた。

ベッドを兼用するソファと仕事用の机だけが置かれた寒々しい小さな部屋。

それが、俺の想像していたいつもの部屋だったのだが。

まず広さに驚いた。前の四、五倍ほどはある。

そして、大きなベッドに柔かそうなソファ。もちろん兼用じゃない。別々にある。しかもソファは机を挟んで二つもある。

他にもクローゼット、小棚、サイドテーブル。それに、床にだっていかにも高級そうな絨毯《じゅうたん》が敷《し》いてある。とても、俺が寝泊まりする部屋だとは思えなかった。

「えっと、これは……。メイドさんの部屋かな？」

「い、いえ。ヴァン様のために用意させていただいたお部屋ですが……」

あまりの衝撃に現実逃避をしてしまっていたらしい。

メイドさんもおどおどと困っている。

「申し訳ございません！　もしかして、何か足りない物がございましたか！」

「いやいやいやいや！　そんなことないよ。ごめんね。ちょっと驚いちゃって。十分すぎるくらいだよ！　っていうか、本当にここが俺の部屋でいいの？」

もっと、身分の高い人が寝泊まりをするような場所に見える。俺には明らかに不相応だ。

彼女は可愛らしく笑って言った。

「はい。どうぞ、おくつろぎください。それでは、わたくしは部屋の前で待機していますので、何か御用があれば、仰ってくださいね」

メイドさんは俺一人をこの豪勢な部屋に置き去りにして部屋を出ていった。

俺はというと、しばらくの間、部屋の広さに落ち着くまでソファの上で膝を抱えて縮こまっていた。

＊

俺の驚きはまだ続いた。

夕飯ができた、とメイドさんが俺を部屋まで呼びに来たのだ。

グラン王国の王宮では適当な食事が運ばれてきていたので驚いた。

それから、部屋を出る時にもやはり手枷はいらないらしい。

いつもの癖で両腕をメイドさんの前に差し出したら、これまた驚かれたし、俺もそれに驚いた。

案内されるままについていき、部屋に入ると、そこで待っていたのはレグルス様だった。

夕飯はまさかのレグルス様たちと会食をすることになったのだ。

アリシア、それと、レグルス様のお妃様も同席していた。

周囲には監視なのだろうか、ミラとディアンをはじめ、数名の兵士とメイドさんがいた。

正直、緊張でどんな話をしたのかほとんど覚えていない。

記憶の断片に残っているのは、アリシアが母親似であることと、『滝に行きたい』とか『城下に出たい』とかアリシアが言って、その場にいた多くの人を驚かせていたことぐらいだ。

食事の味なんてものはまるでわからなかった。

ただ、まぶしいくらいの料理が次々に運ばれてきていたのは、かろうじて覚えていた。

それからも、メイドさんたちが、「お疲れではありませんか？」「紅茶などいかがでしょうか」「湯浴《ゆあ》みの準備ができております」「マッサージなどどうですか？」「お着替え手伝いましょうか？」

などと奇妙なほどに気を配ってくるので、紅茶を飲んだり、着替えの手伝いを断ったりしているうちに日は落ちて、窓の外から見える景色は星明かりが薄く照らすだけの暗闇になった。

極めつけには、

「あ、あの。国王陛下から、求められれば、その……。夜伽《よとぎ》を、と命じられたのですが……」

そんなことをメイドさんが真っ赤な顔をして言うものだから、

「いえぇ！　い、いや、夜伽なんて！　駄目だよそんなこと！」

命じられたからってやることじゃないだろう！

もっと自分を大事にしないと。

慌てて断ると、

「で、ですよね！　わたしなんかじゃ……。申し訳ございません！」

と、勢いよく謝られ、

「それでは、おやすみなさいませっ！」

そんな言葉を残して全力ダッシュしていった。

一体なんだっていうんだ……。

っていうか、監視はいいのか？

メイドさんの代わりは誰も来そうになかった。

こっちでは一日中監視はしないのかな？

グラン王国では兵士がかわりがわりに監視していたのだ。俺が一人になる時間なんてまずなかったほどに。

監視がいないからといって、何をするわけでもなく、俺はベッドにころがった。

大きなベッドは、少し落ち着かなかった。それでも、眠気は少しずつ俺を蝕《むしば》んでいく。

薄くまどろんでいたところだった。

俺は意識を無理やりに起こした。

誰か、いる？

俺は扉の先に人の気配を感じていた。

暗闇の中、俺はゆっくりと体を起こす。

感じていた気配は気のせいではなかったようで、扉がノックされた。

ひどく控えめな音で、多分起きていないと気が付かない。

寝ているかもしれない俺を気遣《きづか》ったのだろうか。

勝手に入ってくる様子はないし、まあ、悪い人ではなさそうだ。

「どうぞ」

俺は扉の向こうの人にそう言った。

「……」

少しの沈黙の後、扉が静かに開いた。

「その、こ、こんばんは……。すみません。もしかして起こしてしまいましたか？」

「ううん。まだ起きてたよ」

入ってきたのは、ミラだった。

長く白い髪が月光に光っている。薄水色のネグリジェがゆらゆらと揺れている。

その姿に俺は息を呑んだ。

白い首筋や、大きくはだけた胸のあたりの膨らみが目に入る。妖艶《ようえん》という言葉がそっくりそのまま当てはまるその姿に、見てはいけないものだ、と脳が警鐘《けいしょう》を鳴らした。慌てて目線を下に向ける。細い腰には昼間に見たショートソードはなかった。いきなり斬られるようなことはないだろうと、少しだけ安心する。

「えっと、どうしたの?」

俺はごまかすようにそう言った。

「あ、あの。昼間の件なんですが……」

「昼間?」

「そ、その。わたしが、間違えてあなたに斬りかかってしまった、あの……」

「ああ。そんなこともあったね。でも改まってどうしたの? そのことについてはもう終わったと思うけど」

「い、いえ! 終わってません! あれは、ディアンに後回しにされただけで……。わたしにとってはまだ……」

別に気にしてないのになぁ。結局ケガもしてないわけだし。

さて、どうしようか。と思っていたところだった。

ぐすっ。

鼻をすするような、そんな音が聞こえた。

「うぅ……。ひぐっ。わたしは……。一体どうすれば……」

え、えぇっ！

思わずそんな声が出そうになった。

どうしてか、ミラが泣き始めてしまったのだ。

まさか、そこまで思いつめていたのか？

俺は慌ててベッドから降りる。

明かりをつけて、ミラの近くに駆け寄る。

「だ、大丈夫っ？」

「うう……。ぐすっ。す、すみません。お見苦しいところを……」

ミラの瞳からはまだ大粒の涙があふれて止まらない。

話を聞こうにもこれじゃ聞けないな……。

そう思って、俺は部屋にある大きなソファを指した。

「と、とりあえず落ち着こう。ほら、こっちのソファに座ろう」

「い、いえ。そんな、これ以上、う、ぐす。迷惑を、かけるわけには」

迷惑、か。

全然そんなことはないんだけど……。

「あ、あの。ここで泣かれているほうが迷惑ですから。とりあえず、どうしたのかを説明してもらわないと。何か、ここに来た理由があるんじゃないですか？」

ミラは一度、ぐす、と鼻を鳴らす。涙を拭って、どうにか泣き止んでくれた。

「は、はい。では……。恐れながら、ソファをお借りしてもよろしいでしょうか」

「う、うん！　もちろんだよ。恐れずに使ってください」

ようやくミラをソファに座らせることができた。俺もその向かいに座る。

しばらく、ミラはソファの上でしゅんとしていた。静かな時間が流れる。

下手に俺から話し始めてもまた泣き出してしまうことになるかもしれない。

ミラも用があるから来たんだろうし、彼女の中で整理がつくのを待ったほうがいいだろう。

ミラは、膝元でネグリジェを握りしめて皺を作っている。細く震える声で、彼女は話し始めた。

「昼間は、本当にすみませんでした」

「俺は気にしてないんだけど……。どうしてミラさんはそこまで気にするの？」

「アリシア様は帰ってきてから、本当に楽しそうにしていらっしゃいました」

出てきたのはアリシアの名前だった。

「あんなアリシア様を見るのは久しぶりで、わたしも驚かされました。それと同時に、うれしくもなりました。わたしにとって、アリシア様がうれしそうにしていること以上にうれしいことなんてないですから……」

「ミラさんは本当にアリシア様のことを大事に思ってるんだね。でも、なんで泣いてたの？」

「……アリシア様は、お部屋に戻られてからずっとヴァン様のことをお話しになっていました」

そうだったんだ。知らないところで俺のことを話されてるなんて、なんかくすぐったい気分だ。

「先ほど就寝《しゅうしん》なさるまでずっと、ヴァン様みたいになりたい、とルーン魔術の練習をなさるほどでした」

「ご、ごめん。俺みたいになられちゃ困るよね」

アリシアは王女様だ。なのに、いきなりこんな根無し草《ねなぐさ》みたいになりたいと言い出したらそりゃあミラも困るだろう。

だけど俺のその心配は的外れだったみたいで、ミラは慌てて手を振っていた。

「い、いえ。違います。そんなことは決してありません。今まで、この国にとって自分ができることは外交の道具となることしかないと思いつめていたアリシア様が、自分がなりたいものをようやく見つけられたのです。これほど素晴らしいことはありません」

「そ、そう、なのかな？」

「もちろんです。ですが、そんなアリシア様を見ているほどに、自分がしたことの愚《おろ》かさがよくわかり、恐ろしくなりました。もし、ヴァン様を傷つけてしまっていたら、アリシア様がどんな悲しい顔をされたか……」

「ミラさん……」

「それに、わたしのせいで、ヴァン様の機嫌を損ねて、ここを離れていってしまうこともあるかもしれない。そう考えると……。背筋が凍って、足が震えて、頭に何かもやのようなものがかかったような気がして……。わたしは、いつの間にか、ここに来てしまっていたのです。なんとしても、許してもらわないと、と思って……」

俺は本当に気にしてなかったんだけど、目の前で唇を小さく噛《か》むミラはきっと、すごく悩んだんだろう。俺がどう思おうと、ミラの中では大きな出来事だったんだ。

彼女のその気持ちを、俺はどう受け取ればいいんだろう。どうすればミラは許されるんだろうか。

迷っていると、突然ミラがネグリジェに手をかけた。

「ですので、どうかお許しを。そして、ここにもう少しいてもらえませんか？　アリシア様のためなら、わたしはなんでもできますっ！　望まれるなら、この体をささげても構いません」

言いながら、勢いに任せてミラが服を脱ぐ。

まず目に入ってきたのは、むき出しになった引き締まったお腹《なか》だった。それから、肩が目に入り、服の上からでもわかっていた大きな膨らみを隠す下着が見えた。そこで俺は思わず目を背けた。このまま見ていては永遠に目を離せないような気がした。それぐらい、ミラは魅力的に映った。

部屋の中には、むせかえるような空気が蔓延《まんえん》していた。俺はそれを断ち切って、正常な空気を流し込もうと、必死に声を上げた。

「な、何やってるんですかミラさん！」

「わ、わたしでは不足でしょうか……。魅力は、ありませんか？」

ミラは上目遣《うわめづか》いに下唇を噛んでいた。

「い、いや、不足というか。すごい魅力的だと思うし、どちらかというと、俺のほうが見合わないというか」

「では……。いいではないですか」

「いやいや、そういう話じゃなくて、やっぱりそういうのはよくないと思います。うん。そうです。他にもいろいろと方法はあると思いますよ！　って、聞いてますかっ!?」

早口でまくし立てるが、その間にも、ミラはソファとソファの間にある背の低い机の上をまたいで、俺の目の前にまで来ていた。

覆いかぶさるように、ミラが俺の座るソファに手をかける。

「ですが……。わたしには、これ以外に何も差し出せるものが」

ミラの白い首筋が動く。飲み込む唾の音さえ聞こえた。乾いた息が、顔にかかる。

このままではまずい……。ど、どうすればいいんだ。

半ばパニックになっていたが、一つだけ俺の頭に案が浮かぶ。

「あ、あの、それでは、一つお願いがあるのですがいいですか？」

「……はいっ！　なんでしょう！　なんでも仰ってください」

なんだか覚悟を決めたような顔だった。

「アリシア様が、この国にはきれいな滝があると教えてくれました」

俺がそう言うと、ミラはキョトンとする。それから、俺に覆いかぶさるようにしていた体を引いて、俺の隣に座った。できれば、向かいのソファに戻ってほしかった。精神衛生的に。

「滝……。恐らく、誓《ちか》いの滝のことですね」

誓いの滝というのか。なんだか仰々《ぎょうぎょう》しい名前だ。

「この国に来た時に、機会があればアリシア様と一緒に行く約束をしまして。できれば、そこに行けるように取り計らってもらいたいのですが」

王女様を勝手に連れ出して滝になんて行けないだろう。

そこをミラにお願いすれば、アリシアとの約束も果たせるし、ミラの罪悪感も少しは薄めてあげられるのではないだろうか。

ミラは少し驚いた風にしていた。

「もちろん。ミラやディアンの監視がつくことはわかってますし、変なことはしないと約束します。

どうでしょうか？」

「そう、ですか……。誓いの滝に……。アリシア様が約束されて……」

何やらぶつぶつと呟くミラ。その言葉のほとんどは俺の耳には聞こえなかったが。

「わかりました。わたしが責任を持って取り計らいましょう」

「うん。ミラ。ありがとう」

「い、いえ……。それで、あの……」

何かを言おうとするミラに、やばいと本能が告げた。

「ほ、ほら。ミラ。早く服を着ないと。体が冷えちゃうよ」

なんとかミラに服を来てもらおうと俺が慌ててそう言ったところだった。

静かに扉が開いた。扉のきしむ音に俺とミラは扉の方を向く。

入ってきたのは、ゼフさんだった。手にランプを持ち、腰に剣を差している彼は皺の深く入った目を細めてこちらを見ていた。

「ゼフ宰相？　どうしてここに？」

ミラが不思議そうに聞く。

それにゼフさんは笑いながら答えた。

「見回りですよ。何せ、大事なお客人がいらっしゃる。何か話し声がするものですからな。もしや、失礼を働いた者がいるかと思い部屋に入ってみたのですが。ミラなら心配ありませんでしたね」

「そ、そうでしたか。夜遅くまでお疲れ様です」

ミラがそう言う。

ミラもこんな格好だし誰かが来てもいけないと声を潜めていたんだけど、外に聞こえちゃってたのか。

「ですが、ミラ。あなたがまさか、そんな格好でいるとは」

「あっ！　こ、これは……。申し訳ございません！」

言われてミラは今の自分の下着だけの格好に改めて気が付いたのか、すぐさましゃがんで、ゼフさんから見えないようにソファに隠れた。あの、俺からは見えてるんですが……。そう思いながら、俺は目線を外すと、ゼフさんと目が合った。

「ヴァン殿。何か失礼ありませんでしたか？」

「えーっと、俺なら大丈夫です」

「そうですか。それでは、わたしはこれで失礼しますよ。ミラ。あなたも朝が早いのですからほどほどに」

「は、はい！」

ゼフさんが部屋を出ていく。

ミラは静かに立ち上がると、机を回って、向かいのソファに戻る。脱いだネグリジェを拾うと、自分の体を隠すように抱えた。顔は真っ赤に染まっていた。

「あの、少しだけ後ろを向いていていただいてもいいですか？」

「あ、ご、ごめん！」

俺はミラから目を離す。

壁を見ていると、衣擦《きぬず》れの音がやけに耳に付いた。

ミラが深く息を吸う音が聞こえた。

「もう……いいですよ」

振り返ると、服を着たミラが頭を下げる。

「夜中に本当にすみませんでした」

「いやあ、いいよ。気にしないで」

「本当にヴァン様は寛大な人ですね。アリシア様があなたをお慕《した》いになる理由もよくわかります。それでは、わたしも失礼させていただきます。おやすみなさい」

「うん。おやすみなさい」

お互いに挨拶を交わすと、ミラは部屋を出ていった。

なんだか、無性に疲れたような気がする。

だからだろうか。ベッドに入り直すと、余計なことを考え出す前にすんなりと眠りに落ちることができた。

三章

窓から差し込む光に、俺は目を覚ました。

ふかふかのベッドの上。見慣れぬ天井。体を起こし、周りを見る。かなり広い部屋だ。それにきれいに整っている。ルーン魔術の道具で散らかってもないし、終わってない仕事もない。

起き上がって窓の外を見ると、庭が広がっていてきれいな花壇《かだん》が見えた。

そうか。ここは俺が七英雄として軟禁されながら働いていたグラン王国ではなくて、ラズバード王国なんだ。

時計を見ると時刻は八時を過ぎたところだった。

随分とよく寝たようだ。

さて、俺はこの国で何をすればいいのだろうか。こうやってまた軟禁されてしまい、ルーンを書く毎日が始まるのだろうか。そう考えると少しだけ憂鬱《ゆううつ》な気分になる。

まあ、今までと同じに戻ったって考えればいっか。開き直っていると、扉がノックされた。

「どうぞ」

「失礼します」

入ってきたのはメイドさんだった。その手には衣服を抱えている。

「おはようございます」

「おはよう。それは？」

メイドさんが持っている衣服を指して聞く。結構、上等そうな服だ。

もしかして朝の仕事だろうか。衣服にルーンを書くとか。だけど、それにしては量が少ない。というか一人分しかない。

「ヴァン様のお着替えですが……」

「お、俺の？」

「は、はい。あっ！　ごめんなさい、気が利かず。お着替えのお手伝いをしろということでしょうか？」

「いやいやいやいやいや。違う、違うよ！　ありがとう着替えを持ってきてくれて。置いておいてくれるかな？」

俺は慌てて否定して、とりあえず彼女が持っている衣服が俺の着替えだということを受け入れる。危ない。何か変な勘違いをされてしまいそうだった。

着替えの手伝いなんて恥ずかしすぎるって。

「わかりました。それではここに置いておきます」

「あの、聞いてもいいかな？」

「はい？　なんでしょうか」

「えっと。俺の仕事、は？」

「仕事……？　ですか？」

首を傾《かし》げるメイドさんは本当に困っている様子だ。困り果てた末に、小さく腰を折って頭を下げる。

「すみません。わたしは何も聞いておりません。後ほど、どなたかに伺ってみますね。何かわかればお伝えします」

「あ、う、うん。お願い、します……」

いや、まあ、仕事がないというなら、ないでいいんだけど。

メイドさんが出ていったのを見て、俺は着替えようと机の上に置かれた服を手に取る。きれいにたたまれたシャツやズボン、下着には皺一つなかった。まるで新品みたいにきれいだった。

俺はそれにも、どこか違和感を持ちながらも袖を通していく。

きっと上等な物だろう。着心地が悪いわけではないが、なんとなく落ち着かない。そわそわとした気分にさせる。少しでも気を紛らわせようと、しばらく部屋の中をうろうろとしていると扉がノックされる。返事をすると、入ってきたのはさっきのメイドさんだった。

「失礼します。わぁ、服、似合ってますよ」

「あはは。ありがとう。でもこれだけいい服なら誰が着ても似合うんじゃないかな」

「ふふっ。そんなことはありませんよ。それでは、お食事の用意ができていますので、ついてきていただけますか？」

「ここで、食べるんじゃないの？」

「それでもいいのですが……」

「おはようございます！　ヴァン」

メイドさんが何かを言おうとしたときに部屋の扉が開いた。

扉の先に見えたのは、アリシアとミラだった。

「アリシア様。それにミラさんも」

俺がそう言うと、アリシアが少しだけむくれた。

「ヴァン。アリシアでいいですよ」

「い、いやあ、ここはお城だし、そういうわけにはいかないんじゃ」

「わたしがいいと言ったらいいんです。ね、ミラ」

流石のミラもこれには同意しないだろう。きっと、ちゃんとアリシアを叱ってくれるはずだ。

「はい。そうですね」

だめだこりゃ。

「でしたらわたしのことはミラとお呼びください。侍従の身でありながら、主人をさしおいて敬称を付けられては沽券に関わります」

「だったら、二人とも敬称を付ければいいんじゃないかな？」

ミラが俺の肩に手をかけて背伸びをした。そのまま顔を近づけてくる。その瞬間に、昨夜のことがフラッシュバックして、思わず体が固まる。ミラは俺の耳元で唇を動かした。

「ヴァン様。アリシア様のお願いです。どうか、聞いてはいただけませんか？」

「ミ、ミラ！　何をしてるのですか」

アリシアが叫ぶ。それを聞いて、ミラが俺から離れる。

「なんでもありませんよ、アリシア様。それで、いかがでしょうか、ヴァン様？」

「わかりました。アリシア、ミラ。これでいいですか？」

「ありがとうございます」

ミラが軽く頭を下げる。

アリシアもうれしそうに笑っていた。

うーん、これでよかったのだろうか。

正直、俺にはよくわからなかったけど、深く考えるのはとりあえずやめた。

「それで、二人はどうしたの？」

「一緒に朝食を食べましょう」

返答をするよりも早く、アリシアが俺の手を取る。上目遣いで、俺の顔を見上げるアリシアはまぶしいくらいの笑顔を作っていた。

アリシアのもともとの可愛らしさも相まって、それは天使のような笑顔だった。そんな可愛らしい笑顔を向けられて、断れるような人間はいないだろう。

それに、断る理由もないし、嫌ってわけでもないし。

「そうしようかアリシア」

「はい！　では行きましょう」

アリシアに手を引かれて部屋を出る。メイドさんとすれ違った時に「いってらっしゃいませ」と軽く会釈をしてくれたので「いってきます」と答える。後ろから、ミラがついてくる。俺たちは歩きながら、たわいもない話をした。

その全てが、俺にとっては新鮮で心が温まるようなことだった。

＊

「それで、ヴァンは今日どうするのかな」

それは朝食が終わり、一息ついたところで国王様から出た一言だった。

「え、どう、ですか？」

聞き返すと、不思議そうな顔をされた。

「うむ。ここで生活するにしても入り用な物はあるだろう。まあ、無理にとは言わないが市中を見て回るのはどうだ？」

「市中ですか？」

い、一体どういうことだ？

市中ってことは外だよね？

外ってことはもちろんここを出ることになるけど……。

俺が戸惑っていると、隣に座るアリシアが言う。

「ぜひ、そうしましょう。わたしも一緒に行ってもいいですかお父様？」

目を輝かせて、身を乗り出すようにして言うその姿にはかなりのやる気を感じる。

いや、俺も出ていいなら出てみたいけどいいのだろうか？

「うむ。ただしミラがついていることが条件だ」

「やった！　いいですよねミラ」

「もちろんです。ではわたしは先に市中に出る準備をしておきましょう。一度失礼します」

そう言って部屋を出ていくミラ。

なんだか、俺が戸惑っているうちに話はどんどん進んでいる。

そんな俺の戸惑いを感じたのか、俺の方を見ていた国王様と目が合った。

「どうした、ヴァン？　何か心配事があるか？」

「そうなのですか？」

「いや、そういうわけじゃないんだけど……」

二人が俺を見つめる。

うーん。どうしよう。心配事はあるけど、心配事とも言い切れないような。知らないふりしていればいいような……。いや、これははっきりしておいたほうがいいだろう。

後で何か間違いがあったとか言われるのは俺も嫌だ。

ああ、つくづく嫌な性格だ。出ていいと言われてるんだから、黙って出ちゃえばいいのに。なんで俺にはそれができないんだろうか。

「あの……」

意を決して俺は口を開いた。

「俺は、軟禁されてない……んですかね？」

キョトンとした目が向けられた。何言ってるんだって感じの目だ。

いや、その通りです。すみません。

＊

結論から言うと、俺は軟禁されてなかった。

国王様は大笑いして、そんなことあるわけない、いつでも好きにどこに行ってもらってもかまわない、と言ってくれた。

その瞬間にすっごく恥ずかしくなった。俺はとんだ勘違いをしていたようだ。

そりゃ、手枷もされないわけだし、みんなあんなに不思議そうな顔をするはずだ。

結局市中に出かける方向で話はまとまり、今、晴天の下。王宮の正門の前で、俺は陽の光に開放感のような心地よさを感じながら、一人立ち呆《ほう》けていると、二つの人影が歩いてこっちに向かってくる。

アリシアとミラだ。

「お待たせしました、ヴァン」

跳ねるようにやってきたアリシアは楽しそうに笑っていた。後ろで結ばれた髪は楽し気に跳ねていて、帽子をかぶり、眼鏡を掛けて、それから服も地味な物に着替えている。それなのに、思わず目を留めてしまう可愛らしさを秘めていた。

隣に並ぶミラもメイド服を脱ぎ、目立たない格好をしていた。長い白髪を後ろで一本にまとめて、形のいい耳が姿を現していた。だけど、なんだろう。気品がある、というのだろうか。今はアリシアよりもお嬢様っぽく見える。ミラも眼鏡を掛けて帽子をかぶっているから、二人は姉妹のようにも見える。

「それでは、どこか行きたい場所などございますか、ヴァン？」と、ミラが言う。

「うーん。どうしようか。二人はよく街に行くの？」

「週に一度くらいでしょうか。勉強が終わって時間が余った時に。その時もミラと一緒に街に出ていました。ね、ミラ」

「そうですね。ただ、わたしの場合は買い出しなどでもう少しだけ街に出る機会は多かったですが」

どうやら、二人とも結構忙しい毎日を送っていたみたいだ。

それでも街には出ているみたいだし、やっぱりここは案内を頼むほうがいいだろう。

「じゃあ、二人がよく行く場所にでも案内をお願いしてもいいかな」

「もちろんです！　では、雑貨屋から行ってみましょうか」

アリシアが俺の手を取る。それに、思わずドキリとしてしまう。俺の顔を見て微笑んだアリシアはすぐに顔を道の先へと向けて、俺の手を引いて歩き出す。振り返る瞬間、アリシアの顔が赤く染まっているように見えたのは気のせいだろうか。体調とか、悪くないといいんだけど。

「アリシア。大丈夫？」

「な、何がでしょうか？」と、アリシアは背中越しに答える。

「いや、顔が赤いような気がしたんだけど」

「そんなことはありませんよっ！　大丈夫です！」

本当に大丈夫だろうか、とミラの方を見ると、その唇はきれいな弧を描いていた。

「大丈夫ですよ。行きましょう」

「う、うん。大丈夫ならいいんだけど」

まあ、ミラが言うなら間違いはないんだろう。

俺はそう納得して、アリシアに手を引かれるまま街に降りていく。

心地いい風が肌を撫で、降り注ぐ陽の光も気持ちがいい。

そんな陽気に当てられてか、アリシアの歩調はどこか楽しそうだ。

「楽しみですねヴァン。お昼もどこかでいただきましょう」

「うん。そうだね。って、えっと、外で食べても大丈夫？　ミラ」

一応ミラに聞いたほうがいいだろう。俺が一人で決めるわけにもいかない。

もしかしたら、ミラはダメと言うかとも思ったが柔らかく笑って頷いた。

「はい。ぜひそうしましょう。何かお好きな物はありますか？」

「うーん。そうだなあ……」

聞かれて、俺は少し考える。

好きな食べ物……。なんだろうか。

これと言ってこれまで食にこだわりはなかった気がする。

修行中は現地で採れた物を食べてたし、王宮に軟禁されてた時も、俺のほうから何か食べたいと言った覚えはない。運ばれてくる物をただただ一人寂しく食べていただけだった。

俺が困っていると、アリシアが小さく手を叩いた。

ぱちん、と可愛らしい音がなる。

「繁華街の方に行けば、いろいろなお店が立ち並んでいます。せっかくですから、一つに限らず、いろんな物を食べるというのはどうでしょうか」

「そうですねアリシア様。いいお考えかと。構いませんかヴァン？」

「えっと、俺は全然いいんだけど……」

「じゃあ決まりですね」

そう言って、アリシアはやっぱり可愛らしく笑うのだった。

ミラさんや国王様、ディアンなんかも、アリシアがこんなに楽しそうにしているのは久々に見たって言うけど、俺にとってはこうやって笑うアリシアがいつもの彼女だから、普段どうだったのかが少し気になる。

いや、別に見たいってわけじゃない。

やっぱり、悲しい顔をされるよりかは笑ってくれてたほうがいいからね。

そうして、歩いていると徐々に人影が多くなってきた。

話し声や足音、街の喧騒《けんそう》というものを肌で感じる。

だけど、それとは別に……。

「ね、ねえ」

「どうしましたか？」

「なんか、俺たち、見られてない？」

先ほどから街ゆく人たちの視線が妙に刺さってくるような気がしていたのだ。

それも最初は気のせい、あるいは気にしすぎかとも思っていたが、やはり違う。

「そう……でしたか？　ミラはどう思いますか？」

「いえ。わたしも何も。いつもと同じように思えましたが」

だが、二人はどうやらそういう視線には気付いていない様子だ。

やっぱり俺の気のせいなのだろうか。

「もしかして、二人の変装がバレてるんじゃない？」

小さな声で、俺は言った。

だけど、ミラは首を横に振る。

「もしバレていたら、もっと騒ぎになるはずです。王族がお店に寄れば、御用達《ごようたし》などと適当を言って儲《もう》けようとしますから。囲まれて引っ張りだこになるでしょう。ですから気付かれてる可能性は薄いかと」

「な、なるほど……」

じゃあ、俺が感じてるこの嫌な感じの視線は一体なんなのだろうか……。

ふと、男の人と目が合った。

ギロリ。

う、うわあ！

めっちゃ睨んでくるじゃん！

思わず目をそらす。

それから何事もなくすれ違って、俺はほっと胸を撫でおろした。

だけど、それからも雑貨屋まで来るのに、なぜか街の人に睨まれ続けた。一体俺は何か悪いことをしたのだろうか。

疲労感《ひろうかん》さえ覚え始めていた俺だったが、雑貨屋に入った途端にそれは吹き飛んだ。

アリシアに連れられるようにして入ったそこには、素晴らしい光景が広がっていたのだ。

「わぁ……。ここが、雑貨屋かぁ」

思わず俺はそう呟く。

少し薄暗い雰囲気《ふんいき》。乱雑に置かれた商品。瓶、紙、ペン、食器、小物入れ、掃除道具、いろんな物がそこら中に陳列されている。

これもルーン魔術師のさがのようなもので、何もないきれいなところよりも、物が多いところのほうが安心するしなんだかワクワクするのだ。

「どうしましたか？」

「ああ、なんかちょっと感動しちゃって。初めて入ったなあ。こんなところがあるなんてやっぱり街ってすごいね。アリシアはいつもここで何を買うの？」

「わたしはこういうアクセサリーを見ることが多いです。可愛い物が多いんですよ」

そう言って、手に取って見せてくれたのはきれいに編まれたネックレスだった。宝石とかではなく、よく磨かれた石があしらってある。

値段も手頃だ。

「なんか意外だなあ。王族の人ってもっと高価な物を着けてるイメージがあったけど」

「ふふ。そうですね。わたしも、一度だけ式典の時にここで買った物を着けていこうとして叱られたことがあります。ですから、あまり身に着ける機会は多くないんですが、この素朴《そぼく》な感じが、すごく温かい感じがして好きなんです」

「そうなんだ。うん。言われてみると、確かに温かい感じがするかも」

「ふふっ。ですよね。ヴァンは何か気になるものはありますか？」

「そうだなあ……」

俺は雑貨屋を見回す。まず目に入ったのは瓶だった。片手に収まる透明のガラス瓶でコルクで蓋がしてある。

「瓶とかかな」

「瓶……。ですか？」

アリシアが首を傾げる。

俺は瓶を手に取って、不思議そうに俺を見つめる彼女に話し始めた。

「うん。瓶とか、あとは箱とか、そういう物ってルーン魔術にすっごく便利なんだ。ほら、例えば、砂とか水とか、そういった物ってルーンを書けなかったり、書きにくかったりするんだけど、瓶に入れれば、瓶にルーンを書くことで中身にその効果を伝えることができるんだ。瓶に水を入れて【冷却】のルーンで冷やしたり、麻袋《あさぶくろ》に土を入れて【軽量】のルーンで軽くすると、運びやすい土《ど》嚢《のう》もできる。だからこういう容器みたいな物を見ると、いろんなことに使えそうでついついわくわくしちゃうなあ」

と、そこまで言って気が付いた。

アリシアを置いてけぼりにして自分がルーン魔術の世界に浸ってしまっていることに。

俺は慌ててアリシアに謝る。

「……って、ご、ごめんね」

謝られたアリシアはキョトンとしていた。

「……え。あ、ごめんなさい。聞き入ってました。え、ええと、なんで謝られたんですか？」

そう不思議がるアリシア。今度は俺のほうが呆気に取られてしまう。

「ルーン魔術の話ばかり、退屈じゃなかった?」

「退屈なんて、そんなことありません。すごく面白くて、もっと聞きたいです!」

お、おおう。

前のめりになるほどのアリシアのすごいやる気に驚いて、思わず一歩引いた。

アリシアの丸い瞳はギラギラと輝いている。その瞳を見ながら、俺はミラが、アリシアは夜遅くまでルーン魔術の練習をしていた、と言っていたことを思い出した。俺が教えたことながら、アリシアは本当にルーン魔術にのめりこんでいるようだ。

なんかちょっと感動する。

俺はミラの方をちらりと見る。

にこりと微笑んだミラは小さく首を傾げながらこう言った。

「わたしの方はお気になさらず。どうぞ、続けてあげてください」

「わかりました。ありがとうございます」

「いえいえ」

「あ、あの! 続きを聞いてもいいでしょうか! もっとルーン魔術を知りたいです。お願いしますヴァン!」

「うん。そうだね。じゃあ続けよう」

アリシアの言葉に俺はうなずかないわけにはいかなかった。

それから、店の中を回りながら、いろいろな物を手に取りながら、ルーン魔術談義《だんぎ》が続いた。

＊

新しく知ったことを実際にやってみたくなるのは人のさがである。俺も、師匠に新しいことを教えてもらった時は、早く試してみたくてしょうがなかった。

それはアリシアも同じようで、容器に刻むルーン魔術を試してみたいということで、瓶や革袋、それからペンや紙なんかを買って雑貨屋を出た。

「じゃあ、早速やってみようか」

「はい！　お願いします！」

俺たちは店の裏手に回り革袋とペンを準備していた。

薄暗い路地で紙を広げ、インクを付けたペン先を落とす。

「これが【軽量】のルーンだよ」

俺は一枚の紙にそのルーンを書いていく。返事はない。俺の声が届いているかもわからない。アリシアは、それだけ真剣なまなざしでペン先を追い続けていた。

きっと、今のアリシアの世界には、ルーンとそれを書く俺の手の動きしかないのだろう。

そう思うと、俺のほうにも気合が入る。

「っと、こんなもんかな」

よし。めちゃくちゃきれいだ。

自分の書き上げた物ながら、そう言えるだけの自信があるほどにきれいに書けた。

ふと横を見ると、「ほぁ……」と、まさに呼吸を忘れていたというほどのため息をついていた。

「すごいなぁ……」

そんな呟きを漏らしていることにも気付いていないかもしれない。アリシアは俺の書いたルーンを瞼《まぶた》に焼き付けるかのように見つめ続けていた。

「じゃあ、ルーンの効果も試してみようか」

声をかけると、ハッとしてから、のめりこんでいた意識がようやくこちらの世界に戻ってきていた。

「は、はいっ！」

ルーンを書いた紙を革袋に貼り付け、さっき買った瓶を詰めていく。瓶でぱんぱんになった革袋はなかなかの重さがあった。アリシアが持ち上げると、少しよろけていた。

「お、重いですね」

「それじゃあ、ルーンに魔力を流してみて」

「わかりました」

アリシアは俺と同じように魔力が少ないが、ルーン魔術には関係ない。少しの魔力でも、準備さえ整えてしまえば、後は誰でも使えてしまう。

アリシアの魔力が流れると、ルーンが輝き出す。

「もう一回持ってみて」

「はい！　……わっ！　す、すごいです！　わたしでも持てるくらい軽いです！」

今度はふらつかずに持てていた。抱え上げて、歩き回れるほどだ。驚いていたのはアリシアだけではなかった。ミラも目を見開いている。

「これがルーン魔術ですか……。物を軽くしてしまうだなんて、これほど便利な技術があったとは……。知りませんでした」

「ミラはルーン魔術を見るのは初めて？」

「い、いいえ。見たことはありますが……。物を軽くするルーン魔術は初めて見ました。こんなこともできたんですね」

「他にもできることはありますよ。もし困っていることがあれば言ってください。できることなら協力しますので」

「機会があれば、頼らせていただきます」

ミラが笑う。

ぜひ頼ってほしい。

王宮にも泊めてもらってるし仕事を手伝えるなら何よりだ。それに、困っている人を助けるのはルーン魔術師の本望でもある。

「わたしも！　いつかはミラに頼られてみせます！」

「はい。では、ルーン魔術のお勉強を頑張らないとですね」

「じゃあ、早速やってみましょうか」と、俺はアリシアに言った。

「お、お願いします！」

紙とペンをアリシアに渡す。

インクを付けたアリシアは俺が書いたのを見本に書き写すようにペンを進めた。

だけど。ああ、これは……。

「あ、あれ……？」

アリシアが首を傾げる。

今までもアリシアに教えてきたけど、実際に書いたのは地面に練習で、とか、馬車に【耐震】のルーンを書いてもらったり、とかだった。

今回、アリシアはルーンを初めて『紙』に『インク』で書いた。

慎重に書き写すように書いたアリシアのルーンは、慎重に書きすぎてインクがにじんでしまったのだ。

「も、もう一回いいですか！」

「その前に深呼吸してみましょうか。それに、失敗しても大丈夫ですよ。気負《きお》わないでアリシア」

「は、はい！」

アリシアは深く息を吸う。ゆっくりと吐く。深呼吸を繰り返して、なんとか緊張を取ろうとしていた。

そんな様子に俺はかなり昔、俺が初めてルーンを書いた時のことを思い出していた。

『ヴァン。力を入れすぎだ。もっと力を抜け。普通でいいんだ普通で。文字を書くのもルーンを書くのも何も変わらねぇ』

『そんなこと言われたって……』

俺はまだそんな風にべそをかいてたっけ。

何度も失敗していると、師匠は後ろから手を握ってくれたんだ。

『いいか。これで最初で最後だからな。ったく、弟子ってのは手がかかる。いいか。気負うな。こうやって、さらさらっと書きゃいいんだ』

そうしてできたルーンは、きれいに書けた。いや、ほとんど師匠が書いたようなもんだから当たり前なんだけど……。

でも、それ以来、俺も緊張しなくなったんだよなあ。

「アリシア。ペンを持って」

「……。はい」

俺はペンを持つアリシアの小さな手に、自分の手を合わせる。

「気負わなくていいんだ。こうやって、さらさらっと書けばいいんだよ」

アリシアの手を動かす。

そうしてできたルーンは、まあ俺が書いたようなものだから当たり前だけど、きれいに書けた。

これで、なんとなく感覚が伝わればいいんだけど。

そう思いながら、俺はアリシアの手を放す。

「こんな感じでいいんだ。もう一回、やってみよう」

「……はい」

新しい紙を取って、アリシアはペン先を落とした。

ペンはするすると進んだ。曲線も直線も、一定のリズムで書けている。緊張も抜けているようで、安心して見ていられる。アリシアがペン先を持ち上げた。紙に書かれたルーンは、なかなかにきれいなものだった。

アリシアが俺を見上げる。上目遣いで、言葉にはしないものの、『どうですか？』と聞いているようだった。

「じゃあ、これを革袋に貼ってみようか」

こくん、とアリシアが頷く。

瓶の入った革袋に貼ったアリシアのルーンに魔力を流すと、ちゃんと発動した。

「お、ちゃんと軽くなってるね」

俺が書いた時よりかはまだちょっと重たいけど、上々だろう。

ミラもそれを持って、驚いたような顔をしていた。

「すごいです、アリシア様」

アリシアもミラから渡されて革袋を持つ。

「どう？　アリシア」

「……。はい。あの、えっと、軽く、なってます。ありがとうございました」

「俺が教えるって言ったんだから、当然のことをしたまでだよ。って、アリシア大丈夫？　少し顔が赤いけど……」

「だ、大丈夫です！　さ、さて！　次は繁華街《はんかがい》に行ってみましょう！」

そう言ってアリシアは歩き出す。

ふむ。

本当に大丈夫だろうか。

俺はまたミラの方を見た。

彼女は目を細めて俺の方を見て、ため息を一つついた。それから、こんなことを呟くのだった。

「……。いろいろと、大変ですね。ヴァンも、アリシア様も」

「え、えっと、何が？」

「いえ。なんでもありません。わたしたちも行きましょう」

「あ、う、うん」

ちょっと釈然《しゃくぜん》としなかった。いろいろと大変？　何が？

俺はそんな疑問を胸にしまってアリシアを追いかけていく。

＊

王都の中心に近づくにつれ、人は多くなり、活気づいてくる。

繁華街では、多くの人の声が飛び交っていた。そんな中をはぐれないように俺たちは歩く。

そして、なぜだかまた多くの男性がすれ違いざまに俺を睨んでくる。

一体なんなんだ……。

もしかして、俺は不審者か何かに間違えられているのだろうか。

「どうしましたかヴァン？」

「いや、なんでもないよ。ところで、アリシアのおすすめってある？　いろいろあってよくわからなくて」

「そうですね。あっ！　あれなんてどうでしょうか」

アリシアは人込みの先にある路上に向かって開けたお店を指さした。

店頭では店員が鉄板の上で、肉を豪快《ごうかい》に焼いている。タレの匂いなのか鼻をくすぐる甘く香ばしい匂いがした。

それにつられてお腹もくぅ、と鳴る。

そして、焼けた肉を、平べったいパンに巻いて店頭で客に手渡ししていた。

美味《おい》しそうにそれにかぶりつくお客さんを見ていると、またお腹が鳴った。

「美味しそうだね。じゃあ、まずはあれにしようか」

「はい！　では行きましょう」

人込みの間を縫《ぬ》って俺たちはその屋台に向かった。

料理の名前は『肉巻き』というらしい。とてもシンプルだ。

値段もお手頃だった。人数分の肉巻きを買って、とりあえず俺が抱えながら道の端へと移動した。

「はいアリシア」と、俺はアリシアに肉巻きを渡す。

「ありがとうございます」

アリシアが受け取る。

「ミラもどうぞ」

ミラの前に出すと、受け取らずにじっとそれを見つめていた。

もしかしてミラはあんまり好きじゃなかったのかな。

そう心配に思っていた時だった。

「あむ」

ミラは俺の手から受け取らずに、差し出していた肉巻きにそのままかじりついてしまった。

ミラはもぐもぐと口を動かす。その様子に俺は少し驚いた。

こんな風に食べる人だとは思ってなかったな。

そんなにお腹が減っていたのかな?

「み、ミラ……。なんてことを……」

その様子にアリシアも驚いたのか、わなわなと肩を震わせていた。

ごくん、と飲み込んだミラはちろりと唇を舐《な》めて言った。

「ふむ。美味しいですね。おっと、これは失礼しました」

そうして、ようやく俺の手から肉巻きを受け取った。

「ず、ずるいです! ミラ!」

アリシアが何やら叫ぶ。

ずるい?

俺はアリシアの言っている意味がよくわからなかったけど、ミラさんはわかったのか、にこりと笑ってみせる。

「では、アリシア様もどうですか?」

そう言われたアリシアは自分の手元にある肉巻きと俺の顔を交互に見る。

何か迷っている様子だが一体どうしたというのだろうか。

だが、結局アリシアは顔を背けた。

「い、いえ。大丈夫です。冷めないうちに食べてしまいましょう!」

お腹が減っていたのか、勢いよく肉巻きに口をつけた。

アリシアの言う通り、俺も冷めてしまわないうちに、と思いひと口かじる。

肉巻きはなかなか美味しかった。

香りから想像していた通りの味だったと言っていい。

肉巻きに舌鼓《したつづみ》をうっている中、ふと隣でミラが呟いた。

「ふむ……。たきつけたつもりでしたが……。失敗でしたか……。では次は……」

それは喧騒にまぎれてほとんど聞こえなかったけど。

あと、なぜだか知らないけど、俺に刺さる視線がさらに多くなり、しかもなんか殺気立っている気がする。なんだっていうんだっ！

街というのは案外怖い場所なのかもしれない。

＊

繁華街で食事を終えて、俺たちは少し人通りの落ち着いたところを歩いていたところだった。

ふと、後ろから近づいてくる人の気配に気が付いた。

かなりずっとついてきているし、ただ道を歩いていく方向が同じというわけではなさそうだった。

俺の前を歩く二人はまだ気付いていない様子だった。

その気配は俺たちに近づいてきていた。

だけど、この気配は……。

振り返ると、そこにいたのは大柄でマントを羽織った旅人風の男だった。

男は俺が振り返ったのに驚いたのか、固まっている。

目元がフードで隠れているが、間違いない。

「ディアン。どうしたのこんなところで」

俺がそう言って、アリシアたちも気が付いたのか足を止めた。

そして、男は観念したかのようにフードを上げた。

「驚かそうと思ったんだが……。気付いていたのか」

残念そうに笑っていたのはやっぱりディアンだった。

「これもルーン魔術か？」

「いやあ、流石に昨日まで数週間も一緒に旅をしてたんだし、ディアンの気配くらいならわかるよ」

「ふむ……。割と本気で驚かせようと思って気配を消していたのだが……。なかなか用心深いんだな」

「うーん。どっちかというと臆病……。なのかな」

「臆病？」

「ほら、俺たちルーン魔術師って近づかれたら弱いから、師匠には近接攻撃のさばき方とかみっちり教えられたんだけど、そもそも近づかれるなとも言われて、気配の探り方も教えられたんだ」

「ほう。俺も一度、ヴァンの師匠に会ってみたいものだな。学べることが多そうだ」

「ははは……。まあ、多分会わないほうがいいけど……」

ディアンは感心したようにそう言うけど、絶対やめといたほうがいい。

そりゃあ、師匠は優しいことも何回かはあったけど、記憶に残ってるのは大体俺が痛い目にあってる場面ばかりだ。

近接戦の訓練でボコられたり、いきなり森とか山とかに身一つでほっぽり出されたり、俺が採ってきた食料を奪われたり……。なんか、いろいろ思い出したら腹が立ってきたな。

「それで、ディアンはどうしてこんなところにいるんですか？」と、ミラが言った。

「うん？　ああ、午前の仕事を終わらせて暇になったから来た」

「暇になったからって……。いや、アリシア様のもとに来るのは近衛騎士隊長として当然のことですが、理由が暇になったからというのは……。なんとも、頼りない隊長です」

「まあ、ヴァンがいるからな。何かあっても大丈夫だろう」

ディアンは俺のことを信用しすぎだと思う。ディアンもちゃんと仕事しなよ。

「あ、ディアンちょっと聞きたいことがあるんだけどいいかな？」

「ん？　どうした？」

俺はディアンを呼んで、ミラとアリシアに聞こえないように小声で話す。

「いや、なんか、今日ずっと、街の人から睨まれてたんだけど……。俺ってなんか変かな」

「睨まれてた？　別に変じゃないが……。全員にか？」

「えっと」

と、思い返す。そう言えば睨んできてたのはみんな男の人だったな。

「男の人に睨まれてたかな」

「あー……。なるほどな。確かに、両手に花じゃあなあ」

ディアンが何か呟くが、俺の耳には届かなかった。

「？　理由がわかるの」

「まあ、気にする必要はねえよ。とりあえず、お前は変じゃない。安心しろ」

「そ、そっか。わかったよ。ありがとう」

「金も持ってねえ冷やかしは出ていきなっ！」

大声が響いてきたのは、そんな時だった。

声の方を向くと、一軒の店から子供が勢いよく蹴り出されていた。

「行ってみましょう」

そう言ったのはアリシアだった。

もちろん俺は頷く。

「なあ！　頼むよ！　薬を分けてくれ！　金は後で払うから！」

追い出されていたのは少年だった。十歳くらいだろうか。汚れやほつれの目立つ地味な服を着ていた。少年はあれだけひどく蹴り出されたというのに、まだ店の扉にすがりついて、叩いている。

ただ事じゃなさそうなのは簡単にわかった。

「あの、どうしたの？」

俺に気付いた少年は目をそらしうつむいた。それから背を向けたのは、話す気はないと言っているようだった。

どうしたものか。事情がわからなければルーンでもどうすることもできない。

俺が困っていると、アリシアが回り込んで少年の前に出る。帽子を取り、その場にしゃがみ込む。うつむく少年と目を合わせるように、アリシアは少年の顔を見上げる。

「こんにちは」

アリシアが優しく微笑みかける。少年は右を向いたり、左を向いたり、困ったように何度か頭を振ったが、観念したのか口を開いた。

「……こ、こんにちは」

「何か困っているようでしたけど、どうしましたか？」

「……。俺の、家族が、腹を壊して……」

「ご病気ですか？　それで薬屋に？」

見ると少年が追い出されたのは薬屋だった。

なるほど、少年は家族のために薬を買いに来たということだろう。

だけど、腹を壊した、というだけにしては少年の様子は少し切羽詰まりすぎているように見えた。

「……うん。でも、俺たちは金がなくて。それで、薬を売ってもらえなくて……」

「なるほどな。だが、腹を下しただけなら放っておけば治るんじゃないか？」

そう言ったのはディアンだった。

少年は答えない。ディアンは肩をすくめる。

「治りそうにないんですか？」

アリシアが聞く。

「……。それが、なんか、変なんだ……」

「変？」

「朝はなんでもなかった。でも、昼になって急にみんながお腹を壊して、それで吐いてる奴つもいて……。とにかく、これは大変だって思ったんだ！」

俺たちは顔を見合わせる。

少年の言っていることが本当なら、確かに大変なことが起きてそうだ。

「とりあえず様子を見に行ってみましょうか。薬は……、役に立つかはわかりませんが一応買っていきましょう」

ミラがそう言う。

だけど、その言葉に少年は泣きそうになる。

「でも、金が……」

「わたしたちが立て替えておきますので、いつでもいいので返してください。それでいいですか？」

「い、いいのか？」

少年が鼻を鳴らしながらそう言った。その目には涙をためて今にも泣き出しそうだった。

アリシアは立ち上がり、胸を張って答えた。

「もちろんです！　困っている人を助けるのは当たり前のことです。ですよね、ヴァン！」

「そうだね、アリシア。今回ルーン魔術が役に立つかはわからないけど、困っている人を助けるのがルーン魔術師だ」

＊

薬屋から蹴り出されていた少年はザロというらしい。相変わらず俺やディアンとは話そうとはしないが、ここに来る間にアリシアが上手に聞き出していた。

子供の扱いが上手なのか、はたまた俺たちの中でも一番年が近いからザロも心を許しているのか。どちらにせよ、俺はアリシアに感心していた。

ザロに連れられてやってきたのは、丘のようになっているところで、人の集まる住宅街や繁華街なんかとは少し違って、風に揺られた木がざわめくような静けさが広がっていた。

丘の上にはぽつんと一軒の大きな建物が立っていた。お屋敷でもなく、もちろんお城でもない。さびれた教会というのが一番近いように思えた。どう見ても家のようには見えない。

その建物の正体を呟いたのはディアンだった。

「孤児院《こじいん》、か。なるほど。金に困っているのには納得がいったな」

どうやらあの建物は孤児院のようだ。

ザロは孤児だったのか。

もしかしたら、そのせいで大人である俺やディアンには心を開いてくれなかったのかもしれない。

「こっちだ」

建物の扉を開けて、俺たちを案内するザロ。

連れられた先に広がるその光景に俺は、いや俺たち全員が眉をひそめていたと思う。

「うう……。苦しい……」「ザロ兄ちゃん……。助けて……」「うっ。お、おえええええ……」

「はぁ……。はぁ……。だれ、か……」

うめきながら、嘔吐《おうと》する幼い子供たち。

そこには異臭と、目を覆いたくなるような異様な光景が広がっていた。

「これは……一体どうしてこんなことに……。ザロ君。心当たりはありますか？」

「わかんない。朝はみんな元気だった。それから、俺は仕事に出て、昼に帰ってきたら、みんなこんなで……」

泣きそうになりながら説明するザロの頭をアリシアが撫でる。

そんな中、俺にささやくように言ったのはミラだった。

「病気ではなさそうですね。こんなに一度に発病するなんて考えにくい」

「なら、食べ物が傷んでたとかかな？」

「その可能性はありますね。ただ、それでも、こんなにひどくなるほど傷んでいる物を食べたとは……あまり思えませんが」

「ヴァン。ミラ。あの人」

ディアンの目線の先には、大人の男性が一人いた。ディアンよりもう少し年上な感じだ。孤児院の院長だろうか。そんな彼も俺たちに気が付いたのか、ゆっくりとこっちに向かってくる。その足取りは重く、彼もどうやら調子が悪いようだ。

「ザロ。どこに行ってたんだ」

「く、薬屋に……。薬を、分けてもらおうと思って……。でも、金がないから、追い出されて……」

「まあ、そうだろうな。それに、薬では恐らくどうにもならないだろう。……ケガはなかったか？」

「う、うん……」

「それで、この方たちは？」

「薬屋で、会って……。それで、力になってくれるって」

「そうか……。皆さん、たしはこの孤児院の院長です。ザロがご迷惑をおかけしました」

俺たちに向き直って頭を下げる院長さん。

俺は慌てて言った。

「そんな。困っている人を助けようとするのは当たり前です。それで、院長さん何があったのかわかりますか？　見たところ院長さんも苦しそうですが……」

「それが、わたしにもさっぱり……。昼食を取っている途中に、全員がこうなったのです。ただ、食べ物には日頃から気を付けていましたから……。腐っていたなんてことはないと思いますが……」

「食事をしていたのはどこですか？」

「ここの隣の部屋に、広い部屋があります。そこで、いつも」

「とりあえず、そこに行ってみます。何かわかれば、お伝えしますね」

「すみません。お願いします」

院長さんがもう一度頭を下げる。

俺たちは、急いで隣の部屋に向かった。

そこには、恐らく昼食の途中だっただろう光景が広がっている。

きっと食べている途中に異変に気付き、部屋を移したのだろう。

昼食はパンと野菜とスープだったようだ。

ミラさんがパンと野菜を見る。

そんなミラさんにアリシアが声をかける。

「どうですかミラ？　何かわかりましたか？」

「……。多少傷んではいますが、これであなるとは思えませんね。だとすると、スープ、ですか……。見ただけでは、わかりませんね」

うーん。俺も食べ物に関する知識はあまりない。

だけど、俺は一つの可能性に気が付いた。

「じゃあ、俺が食べてみましょうか」

「「ヴァン!?」」

「な、何？　みんなして」

アリシアも、ミラさんも、ディアンも、全員が目を見開いて俺を見ていた。

「正気か？　これを食べて、みんなああなってるんだぞ？」

「う、うん。一応正気、のつもりなんだけど……。あと、多分、俺なら大丈夫。ただ、確証がないから、試してみたいんだ。それに、みんなを救うためにも」

「そうか。お前に考えがあるというなら止めないよ」

「うん。ありがとうディアン」

さて、じゃあ、試してみようか。

俺は意を決して、残っていたスープに口を付ける。

みんながその様子を心配そうに見てた。

うん。味はちょっと薄いけど、普通に美味しい。

あと、具が少ないのかな。溶けちゃってるのか、それともやっぱり孤児院だし、ザロも薬屋を追い出されていたくらいだから、そんなにお金がないのかな。

って、いやいや。

そんなこと今はどうでもよくて。

そして、ついに俺はスープを飲み干した。

あまりにも普通で、思わず関係ないことを考えてしまっていた。

「どうだ？　ヴァン？」

「……。うーん。なんにもない。……。違ったのかな。てっきり毒か何かの類かと思ったんだけど……。それとも、効果が出るのにもう少しかかるとか、かな？」

「ど、毒ですか⁉」

アリシアが驚く。

「う、うん。そう思ったってだけだけど」

「そんな危険な物を、ためらいもなく飲んだんですかっ！」

「い、いやあ。まあ、みんなの様子からすぐ死ぬような毒じゃないと思ったから……」

「すぐ死ぬような毒じゃなくても、死んでしまう毒かもしれないんですよ！」

アリシアが泣きそうな顔をして、俺にそう言ってくる。

ああ、そう言えば、あのルーンのことをアリシアにはまだ教えてなかったな。

「だ、大丈夫だよアリシア。実はね……」

そう言ったところだった。

ぐるるるるるるるるるるるるるる。

その音と、腹の不快感に俺は固まる。

そして、俺はそのまま座り込んだ。

や、やばい。だいぶ、気持ち悪い……。

「大丈夫ですかっ⁉ ヴァン！」

アリシアがそばに駆け寄ってくる。

小さな手で、俺の背を必死にさすってくれていた。

「だ、だい、じょうぶ。あ、りしあ。ペンと、紙を取ってくれるかな」

「ペンと紙……。ですね！ わかりました」

アリシアはすぐに、王都の雑貨屋で買ったペンと紙を俺に手渡してくれた。

俺は震える手で、どうにかしてルーンを書いた。

「ルーン……。これは？」

「これはね、アリシア。……。【解毒《げどく》】の、ルーンだよ」

「【解毒】のルーン……」

言いながら、俺はルーンを自分の腹に貼って起動する。

ルーンが光を放ち、そしてすぐに俺の体から不快感は消えた。

立ち上がって言う。

「ふぅ……。よし！　やっぱり毒だったね。これならみんな治せそうだ。よかったよ、みんなの症状が病気じゃなくて。病気を治すルーンはないからね」

そう言うと、アリシアは俺の腰のあたりに抱き付いてくる。

「あ、アリシア⁉」

びっくりしていると、顔をうずめたアリシアのくぐもった声が聞こえる。

「もう……。先にちゃんと言っておいてください……」

ふわふわの桃色の髪が震えていた。

本当に心配してくれていたのだろう。

そのことが、俺はとてもうれしかった。心の奥底が温まるような、そんな気持ちよさを感じる。

「ごめんね。本当に、言っておくべきだったよ。さ、早くこれをみんなの分も書こう。アリシアも手伝ってくれるよね」

顔を上げたアリシアは泣きながら、笑っていた。そんな器用な表情をつくって言った。

「もちろんです！」

＊

孤児院のみんなが体調を崩している原因が毒だとわかり、俺とアリシアは【解毒】のルーンを書いていた。

症状の重い人から俺が書いたルーンで解毒することにして、アリシアには症状の軽い人からお願いしてアリシアのルーンでは治り切らない人が出てくるまで頼んだ。

「う、ううぅ……。た、すけて……」

すでに胃の中に吐く物もなくなってしまったのか、苦しそうに呼吸をして虚ろな表情で助けを求める小さな男の子のお腹に俺はルーンを書いた紙を貼る。

そして起動する。

ルーンが優しく輝くと、男の子の呼吸が落ち着きを取り戻す。

「あ、あれ……。お腹が、痛くない」

「もう大丈夫だよ」

不思議そうにする男の子に、俺はそう声をかけてあげる。

それで安心したのか、男の子の体からゆっくりと力が抜けていく。

きっと疲れ切ってしまったのだろう。

そのまま目を閉じて、ついには寝息を立てた。

これでとりあえずは大丈夫だろう。

アリシアの方はどうだろうか。

俺は次の子にとりかかりながら、アリシアを探す。

アリシアが最初にルーンを貼っていたのは院長さんだった。

もともと歩けるほど症状が軽かったし、アリシアが書いたルーンが本当に効果があるのかを試す相手としては一番適任だろう。

「こ、これは……。おお。すごいな。本当になんともなくなった」

感心するように院長さんはそう言っていた。

効果はちゃんと出たようだ。

アリシアもほっと胸を撫でおろしていた。

「効果があってよかったです。あの、本当に大丈夫ですか？　無理はしていないですか？」

「ああ。完璧だ。ありがとうお嬢ちゃん。君のおかげで助かったよ」

「そ、そんな。わたしのおかげだなんて……。わたしは、ただヴァンに教えてもらったことをしただけで……。なので、お礼ならヴァンに……」

その言葉が聞こえた俺は、目の前の子供を解毒しながら「違うよ」と心の中で呟く。

そして、それを院長さんもわかっていたんだろう。

彼はアリシアに優しく微笑みかけた。

「それでも、わたしを治してくれたのはお嬢さんだ。だから、お礼はお嬢さんに言わせてくれ。本当にありがとう」

そう。

院長さんを治したのは、俺じゃない。まぎれもなく、アリシア。君なんだ。

きっと、お礼を言われることに慣れていないんだろう。

出会った時は、俺に「自分は死んでもいい存在」とまで言った彼女は、もしかしたら、誰からもお礼を言われることなんてなかったのかもしれない。

アリシアは下唇を噛んで、何かをこらえるように、小さな肩を震わせて院長さんの言葉を目一杯に。

「……はい。どういたしまして」

「じゃあ、他の子もお願いできるかな。みんな君を待っている」

「はい！」

アリシアが次に解毒を待つ子供のところに駆け寄っていく。

きっと、大丈夫だろう。アリシアのルーンはちゃんと効く。

俺にはそんな予感があった。

そして、その予感通り、ちょうど半分ずつの子供たちを俺とアリシアで治し切ったのだった。

＊

「ふぅ」

俺は、子供たち全員の解毒が終わり一息ついていた。

体調の治った子供たちの様子は、様々で、疲れ切って寝てしまっている子、ぐったりとしているが寝るまでではない子。それから、比較的症状が軽かった子たちは、すでに元気に歩き回っている。

その子たちはアリシアが治療したということもあり、彼女はそんな子供たちに囲まれていた。

ここに来た時の惨状《さんじょう》からは想像もつかないほどの微笑ましい光景がそこには広がっていた。

俺が教えたルーン魔術が、アリシアにとって意味のあるものになっただろうか。そうだと、俺もうれしいな。

そんなことを考えていた時だった。

「終わりましたかヴァン」

後ろから声をかけられ振り向く。

そこにいたのはミラさんだった。

「終わりましたよ。アリシアも頑張ってくれました」

「ええ。本当に、そのようですね」

月光みたいに柔らかな笑顔だった。

その笑顔は、子供に囲まれたアリシアに向けられている。

ふと、俺は問題がまだ残っていることを思い出した。

「それにしても、スープに毒が入っていたなんてね。作った人は誰なんだろう」

そんな俺の言葉にミラさんが、「ああ」と呟いた。

「そのことで、ヴァンを呼びに来たのでした。ついてきてください」

「う、うん」

俺はミラさんについていく。

ついていった先は孤児院の外だった。

気持ちのいい風が吹いていて、芝生が揺れている。

そんな光景の中。

「え、ディアン!?」

ディアンが倒れていた。

俺は慌てて駆け寄る。

「ど、どうしたの！」

「は、腹が……。い、いてぇ……。たの、む。俺にも解毒……。を」

どうやらディアンも毒を飲んでしまったようだ。

「なんでスープを飲んじゃったのさ！」

俺は急いで【解毒】のルーンを書き、起動する。

そんな中でミラさんが言った。

「いえ。それが、問題はスープじゃなかったようです」

「え？　それじゃあ、なんだったの」

「問題は、これです」

俺たちの目の前には、井戸があった。

「井戸？　……。ということは、水が原因ってこと？」

「どうやらそのようですね。何者かが、井戸に毒を放り込んだのでしょう。どんな目的があるかはわかりませんが……。とにかく、早く王宮に戻って報告したほうがいいでしょう」

「ああ、死ぬかと思った」

そう言ったのは復活したディアンだ。

治ってよかった。

「っていうか、ディアンは水を飲んだんだ。それはそれで不用心な気がするけど……」

「いや、ミラに飲まされた。後で覚えとけよ」

「すみません。ですが、可能性の一つとして探っただけですよ」

ミラさんはしれっとそう言った。

「それに人を使うな。……全く。まあいい。とりあえず、王宮に戻ろう」

ディアンの言葉に、俺たちは頷いた。

*

「そうですか……。井戸に毒が……」

井戸のことを院長さんに報告すると、頭を抱えていた。

「ここの水が飲めないとなると……。私たちは一体どうすれば……」

「あっ。それなら、俺にいい案があります」

「本当ですかっ?」

「ええ。少し待ってください」

俺はここに来る時に雑貨屋で買い物をしたことを思い出した。

カバンから、瓶を取り出していく。

「ヴァン? 何をするんだ?」

ディアンが興味深そうに聞いてきた。

「まあ見てて」

俺はこれまた雑貨屋で買った紙にルーンを書いて、瓶に貼り付ける。

「よし。できた」

「それは……？」

「【湧水《ゆうすい》】のルーンです。これに、こう、魔力を流すと……」

ルーンが光りだすと同時に、瓶の中に水が湧き出てくる。

「うわぁ！　すげえ！」

子供の一人がそれを見て叫ぶと、同じように驚く声があちこちで上がる。

俺は水のたまった瓶を院長さんに渡す。

「これをどうぞ。飲んでも大丈夫な水ですし、ルーンが壊れるまでしばらく使えます」

「なんとお礼を言ってよいか……。ありがとうございます。本当に、助かります。あなたはどうしてここまでしてくださるのですか？」

そう言われて、ふと考える。

どうしてなんだろう？

少し考えてみるが、答えはわからない。

「うーん。どうしてなんだろう？」

俺が呟くと、代わりにアリシアが言った。

「困ってる人を助けたいから、でいいのではないのですか？」

確かに、それが一番俺の感情に近い答えかもしれない。

「それでいいのかな？」

「はい。とってもヴァンらしくて、素敵だと思います」

そうやってアリシアが笑うから、俺も納得してしまう。

「だそうです。院長さん」

「そう、ですか」

「はい。あ、【湧水】のルーンですが、あともういくつか作っておきましょう。井戸もいつまで使えないかわからないし。アリシアも手伝ってくれる？」

アリシアが頷く。

「もちろんです！」

＊

孤児院から帰る時のことだった。

「「「ありがとう！　お姉ちゃん！　お兄ちゃん！」」」

子供たちが手を振って見送ってくれる。

帰り道、子供の声も聞こえなくなったところ。

アリシアが俺に言った。

「ヴァン。わたしに、ルーン魔術を教えてくれて本当にありがとうございました」

その時の、彼女の満面の笑顔を俺はきっと忘れることはないだろう。

＊

時は少し戻る。

「……この食事はなんだ?」

呟いたのはグラン王国、現女王リューシア・グラン。

輝かしい衣装に、まばゆいほどの金髪。黙っていれば人形のように可愛らしい彼女は、眉を曲げ、口を曲げ、目を細めながら目の前の光景に向かってそう言った。

「何、と言われましても。朝食ですとしか言いようがありませんが」

七英雄の一人、賢者クラネス・ペルカはそう言った。

クラネスは困ったように、でも少し楽しそうに笑い、朝食に手を付けていた。

朝食は簡単な物だった。

パンにスープ。

少しのサラダに数枚のハム。

それだけだ。

もちろん、リューシア女王の前にある物も同じである。

まあ、女王様が文句を言うのもしょうがないか。昨日までは豪華なご飯を食べていたのに、いきなりこれなんだもんなあ。と、クラネスは思うが、それを口にすることはなかった。

「女王陛下」

代わりと言っていいか、クラネスの隣に座る人物が声を上げる。

背筋をピンと伸ばしたその男は、眼鏡を少し持ち上げる。

七英雄の一人、商会議長ハンス・ホード。

「お言葉ですが、これが我が国の一般的な朝食ですよ」

彼もパンをちぎって口に放り込む。

「だから！　なぜ我がこんな一般的な食事をとらないといけないのか！　と聞いているのだ！」

「節約です。今後の出費を考えれば抑えられるところは抑えたほうがいいでしょう」

「節約って……。あの男が一人いなくなっただけで、こんな食事を食べないといけないくらいお金がないのかっ？　もしそうなら、お前の職務怠慢《しょくむたいまん》ではないのかハンス！」

「勘弁してください。グラン王国は確かにもともと大国でしたが、この国が大きく発展をし始めたのは最近です。ヴァンという一人の天才がいてこその発展だったんです。それがいきなりいなくなった。今は他に何も失わないために備える時期なのです。と、昨日も何度も言いましたよね」

だが、リューシアは納得しない。

「大体、そもそもヴァンがいなくなってもどうにかなるようにしておくのがお前の仕事では？　仮に……。そう、仮に、百歩譲って、あのヴァンという男が天才だったとしても、いつかはどうせ死ぬんですから」

「もちろん、考えていましたとも。ただ、これほど早くいなくなるとも思っていませんでした。せめて一言言ってくれればよかったんですがね」

「一言言ってればどうにかなったのか？」

「いえ。あなたを縛り付けてでも止めていましたよ」

ぐぅ、と歯噛みするリューシア。

そして、キッと鋭い目線が、ハンスとクラネルの向かいに座る男二人に向けられる。

「クロウ！　ガルマ！　お前たちもなんか言ったらどうだ」

だが、新宰相クロウは静かに食事を続け、ガルマも不機嫌そうにしているのみだ。

「大体、なぜいきなり追放なんて話になったんですか？」

ハンスが問う。

女王は固まった。言葉を選んでいるのか、なかなかしゃべり出そうとはしない。

代わりに答えたのはクラネスだった。

「女王陛下とそこのガルマ、クロウは学園時代に深い付き合いがあった。他にも数人そんな人がいますね。その時から、身内をその人物たちで固めるつもりだった。そして、はじめに白羽の矢が立ったのが、女王陛下からは何もしていないように見えたヴァンだった。そうですね」

「なぜそれを……。い、いや」

思わず肯定してしまうような発言をしてしまった女王陛下は慌てて口をふさぐ。

「伊達《だて》に賢者なんて呼ばれてませんよ。僕に知らないことはあっても、調べてわからないことはないです」

――バン。

大きな音が鳴った。

ガルマが机を叩いていた。

「だが、奴にも不正はあった」

「不正？」

「ああ。あいつには、多額の金の流れがあった。そうだ。その金を使えば、この国の現状も少しは改善するんじゃないかっ！」

「金？　ハンス、なんのこと？」

「……さあな。だが、もしその多額の金の流れがあったとしたら、それはどこに消えたんだ？　あいつには……。金を使う暇はなかったはずだ。……。それを強いていた俺たちが言えることじゃないがな……。とにかく、奴に金が本当に流れていたのなら、その金はまだ残っているはずだが、それはあったのか？　ガルマ。そう言えば、お前はヴァンの部屋を漁っていただろう？　それらしい物が見つかったのか？」

「い、いや……。それは……」

ヴァンが使っていたという古代ルーン魔術の正体を探るために、ガルマはヴァンの部屋を漁っていた。だが、記憶にはそんな物はない。

ヴァンの部屋は、色気も何もない。ただ、ルーンを刻むだけに他の全ては排された部屋だった。

「だったら、不正とは言い切れないな。むしろ、誰かに利用されていたと考えるのが妥当だろう。全く、そんな確認も怠るとは、よほど自分たちのことしか見えてなかった様子だ」

ハンスがため息をつく。

「ところで、ガルマはいつ出発するの？」

「……。準備ができ次第だ。今日中には行く」

「そ。じゃあ準備しておいで」

「言われなくてもそのつもりだ」

そうして勢いよく立ち上がったガルマは部屋を出ていった。

「さて、僕たちも動きましょう。女王陛下。食事を早く済ませてください。冒険者を雇い入れたり、各領主に手紙を書いたり、今日は忙しいですよ。もちろん、逃がしませんよ」

「ま、待て……！　一つだけ、頼みがある」

「なんでしょう？」

「昼に、休憩として、中央広場の大噴水を見に行きたい。我の、子供の頃からの憩いの場なのだ……。心を少し休めるくらいはいいだろう」

「あー……。いいですけど、正直、やめておいたほうがよろしいかと」

「な、なぜだ！」

「あの大噴水、ヴァンの【湧水】のルーンをいくつも使って動いていたんです。彼がいなくなって二週間と少し。もうそのルーンも効果が切れています。なので、もう水が出ていないですよ」

「そ、そんな……。あ、あれも、あの男のおかげで動いていたのか……」

がっくりと肩を落とす女王。

その落ち込みようはすさまじく、本当に大噴水が好きだっただろうことは簡単にわかった。

食事を食べ終えたクラネスが席を立つ。

「では、執務室でお待ちしていますので。食事を食べられたら来てくださいね」

「わたしも失礼しましょう。ご相伴《しょうばん》にあずかり光栄でした」

ハンスもクラネスと肩を並べて部屋を出ていく。

「ねえ。ハンス。本当にお金のこと知らない？」

「……。知らないな」

お互いに小声でそんな言葉を交わす。

「へえ。意外だね。この国に、君の知らないお金の流れがあったなんて」

「……。そうだな」

「僕が調べてもいい？」

ハンスは立ち止まる。二人は顔を見合わせていた。ハンスは無表情に、クラネスは薄く笑いながら。

「……勝手にしろ」

ハンスはクラネスとは反対の方向に歩いていった。

＊

王宮に戻った俺たちは、すぐに事件のことを報告をした。

ちょうど、そこには宰相のゼフさんがいて、彼が素早く兵士を王都中に動かしてくれた。

その手腕は見事なもので、まあこれもルーンじゃできないことだなあ、なんて俺は感心していた。

ゼフさん曰《いわ》く、今回の毒は自然に発生するような物ではなかったらしい。

だから、誰かの仕業であるのは確かなようだ。

それと、幸い今回死人は出なかった。

ゼフさんが言うには、死ぬような毒ではなかったようだし、兵士さんたちが毒井戸を調査している間に、俺とアリシアは王宮で【解毒】のルーンと【湧水】のルーンを作っていて、被害を最小限にするような準備が整っていた。

その日から、兵士さんたちの見回りの仕事が増えたみたいだけど、それ以外ではいつも通りだったらしい。

＊

あの孤児院の事件から数日が経っていた。

そして、今日俺はラズバード王国の国王、レグルス様に談話室に来るように言われていた。

「うう……。お腹が痛い……」

メイドさん達に正装に着替えさせられた俺は、そのきっちりとした衣服に居心地の悪さを感じていた。

やっぱり俺にはこういうのは似合わない気がするし、こういうのを着ちゃうとますます緊張してお腹も痛くなってくる。

「どうした？　毒でも飲んだか？」

少しにやにやしながら聞いてきたのはディアンだ。

「これが毒なら、自分で治せるからまだよかったんだけどね……」

「ははは っ！　違いない！　まあ、そんなに緊張することでもないだろう。悪いことをして呼ばれているわけじゃないんだ」

「う、うん。まぁ、確かに……。そ、そうだよね」

ディアンの言う通り悪いことはしてないはずだ。

そう思うと、少しだけお腹も落ち着いた気がする。

「じゃあ行くか」

ディアンの言葉に頷いて、俺たちは談話室に向かう。

兵士さんたちの王都の見回りの仕事が増えたせいか、王宮の中は少しだけ静かなような気がした。

俺とディアンの話し声がやけに響《ひび》くような感じがする。

談話室の前に着くと、ディアンが扉をノックする。

「アリシア王女近衛騎士隊隊長ディアン・ウェズマです」

「入りなさい」

ゼフさんの声が聞こえてくる。

扉を開けると、部屋の中にはすでにレグルス国王様もいた。

「おかけください。ヴァン殿。ディアンも」

促された俺たちが席に座ると、レグルス国王が口を開いた。

「ヴァン。まずは今回の件。本当にありがとう」

「いえ、今回のことは、俺は毒にあたった人を治したくらいですし、それよりもゼフさんや兵士さんたちのほうが働いてくれたと思います」

「それでも、ヴァンのおかげで民の苦しみが減ったことは間違いない。それに、ゼフからは今回見つかった毒は死ぬほどじゃないと聞いているが……」

レグルス国王様はゼフさんをちらりと見た。

「はい。大人なら恐らくは大丈夫でしょう。ただ、ヴァン様がお救いになられた孤児院の子供に限るとそうではなかったかもしれません。体も小さく、毒の影響も大きい。それに、これはわたしたちの責任でもありますが、彼らは栄養失調気味で体力も少ない。最悪の場合もあったでしょう」

「ああ。それが死人を出さずに済んだ。これはやはりヴァン。君のおかげだ。感謝する」

「わ、わかりました。ありがたくお言葉を頂戴《ちょうだい》します」

「あの。一つ、いいでしょうか」

「どうした？」

俺が首を突っ込むことじゃないと思ったけど、それでも、俺が言うべきことだと思った。少しの間を置いて、俺は言った。

「今回の件。俺と同じくらいにアリシア様も頑張ってくれていました。俺が感謝されるというなら、アリシア様にも何か言ってあげてはもらえませんか」

「ヴァン……」

もしかしたら怒られるかもしれない、と思いながらレグルス様の顔を見る。その表情は硬かったけど、俺を見る目はなんだか優しかった。閉ざされたカーテンの隙間から、太陽の光が薄く漏れているような、そんな優しさが瞳の奥に見えた気がする。

「考えておこう」

俺はほっと胸を撫でおろす。

その言葉が出ただけでも、言ってみた価値はあるだろう。

「さて、本当は国を挙げて君の功績を称《たた》えたいが、それに関してはもう少し待ってほしい」

「え！　い、いや。それは、本当に……。あの、十分ですので」

「ふむ。まあ、そのことに関してはおいおい話そう」

「そ、そうですね……」

頬《ほお》が引きつる。なんとかして、阻止できるように動かねば……。

大体、俺なんかの時代遅れのルーンで解毒できるものくらい、ルーン魔術師なら誰にだってできるだろう。そんなことで評価されるなんて、なんか騙《だま》しているみたいで気分が悪い。

「さて、ではディアン」

「はっ！」

「ヴァンをここまで連れてきてくれてご苦労だった。下がっていいぞ」

え？

俺は？

ディアンだけ？

「わかりました」

わかっちゃうの？

助けてくれないの？

ディアンを見ると、
まあ、無理だ。

と、視線で語られたような気がした。

ディアンが出ていくと、俺の頭は緊張を思い出す。

ドクドクと、心臓が動き出してきた。やばい、胃が……。な、なんの話だろうか……。

俺はディアンの言葉を思い出す。

『そんなに緊張することでもないだろう。悪いことをして呼ばれているわけじゃないんだ』

ごくりと唾を飲み込む。

そうだ。悪いことをしているわけじゃないんだ。

「君は、随分とアリシアと仲がいいようだが」

その瞬間、ひゅっ、と胃が縮み上がった。

悪いこと。

それは、まあ大体の人から見て『悪いこと』ってのはある。

例えば、王女様の誘拐を企ててみたり、井戸の中に毒を放り込んでみたり。

こういったことは誰の目から見ても悪いことなんじゃないだろうか。

でも、例えば、そう。

王女様のことを、王女様にいいと言われたからといって呼び捨てで呼んでいるとか、娘と年の離れた男が仲がいいとか……。

こういうのって、誰の目から見ても悪いこととは言えなくても、それはやっぱり、王様や父親からしてみれば十分『悪いこと』なんじゃないだろうか。

い、いや。もちろんやましいことなんてしてない！

それは胸を張って堂々と言える。

説明すれば、きっとわかってくれるはずだ。

ごくり、と唾を飲み込んで、俺はレグルス国王様の言葉を待つ。

「ヴァン。君から見てアリシアはどうだ？」

「え、ど、どう。ですか？」

アリシアとの関係について、きっと怒られたりするのだろうと考えていた俺は、その言葉の意味をつかみ損ねた。

どう？　どうって何？

一体何を聞かれていて、何を答えればいいのだろうか。

戸惑《とまど》っていると、レグルス国王様がもう一度口を開く。

「ふむ。こう、何かないか？　印象というか……。なんでもいいんだが」

「印象……、ですか。そう、ですね……」

俺はアリシアの姿を思い浮かべる。

身長は小さくて、桃色の髪をふわりと揺らして歩く少女の姿だ。可愛らしく笑っている。

次に思い浮かんだのは真剣に俺からルーン魔術を学ぶ姿だ。昔の自分を見ているようで本当に印象的だ。

そして、俺がこの王宮に入る前に怯えてた時とか、毒を飲んだ時とか、アリシアは真っ先に心配してくれた。それに、孤児院の子を助けようと、自ら動いていた。

俺はこう言った。

「可愛らしくて、一生懸命《いっしょうけんめい》で、それから、とても優しいんだと思います」

「……。そうか。では、行っていいぞ」

聞きたいことってのは、それだけだったのだろうか？

まあ、行っていいと言っているならそういうことなんだろうけど……。

「はい。では失礼します」

俺が席を立つと、コンコン、と扉がノックされる音が聞こえてきた。

「ディアンです。報告したいことが」

ディアン？

心配して戻ってきてくれたのだろうか？

「入れ」

部屋に戻ってきたディアンは少し難しい顔をしていた。

「どうした。ディアン？」

「国王様、来客です」

「来客？　今日はそんな予定はなかったが……」

「なんでも、緊急のことということで対応してもらいたいそうで……」

「一体どこの誰だ。その礼儀知らずは」

「その。グラン王国の七英雄ガルマ・ファレンです！」

それは、俺を自由にしてくれた素晴らしい男の名前だった。

四章

どうしてガルマが？

そんな疑問を聞く暇はなかった。

聞いても、誰も答えられなかったとは思うが。

七英雄と聞いた瞬間から、国王様もゼフさんも表情を曇《くも》らせていた。

ガルマはすぐに談話室に連れてこられた。

俺をグラン王国の王宮から解放してくれた時に見た金髪イケメンと同じ顔がそこにあった。だけど、あの時とは違って明らかに顔色が悪そうだった。

長旅で疲れたのだろうか。

ガルマの他にもグラン王国の兵士が二人いた。

そんなことを思っていると、ガルマは俺の顔を見て、驚いたように固まっていた。

「ヴァン……。本当にここにいるとは……」

「ほう。俺がいるというのに、俺には目もくれないか」

レグルス国王様は少し怒っている風だった。

普通は、王様に挨拶するのが先に決まっている。

それに気付いたのか、ガルマはハッとして頭を下げる。

「失礼しました、ラズバード国王陛下。見知った顔がいましたのでつい驚いてしまいました。私は、グラン王国の七英雄が一人、ガルマ・ファレンと申します。以後お見知りおきを」

「ふん。ラズバード王国国王のレグルス・ラズバードだ。それで、グラン王国の七英雄ほどの男が、なんの用だ」

「本日は、そちらの男、ヴァン・ホーリエンに用がありこちらまで出向かせていただきました」

「ほう。グラン王国の国王の書状《しょじょう》一つもなしにか？　代替わりしたと聞いたが、グラン王国の新国王は随分と礼儀を知らないらしい」

ぎろり、とレグルス国王様が睨みを利かせると、ガルマの背筋が伸びる。

「ご、ご容赦を。我々は国を飛び出したヴァンを追いかけてこの地までやってきました。まさか、王宮にまで追ってくることになるとは思っておらず……。正式な文書を用意できなかったのです」

緊張からか少し声が震えていた。

わかるよ。緊張するよね。

俺もさっきまでそうだったし、実際今も緊張してるからね。

おかげで喉がカラカラだ。

「それで、どうしてヴァンがここにいると知ったのだ？」

「それは、このラズバード王都で【解毒】のルーンと【湧水】のルーンというものが国の兵士を通じて出回っていたという噂を聞き、もしやと思ったのです」

「なるほどな。それで、お前はヴァンになんの用だ」

「そ、それは……」

ああ、そうか。俺を探して来たってことは、そりゃあ俺に用があるんだよね。一体なんだろう。

「ヴァン。一度、グラン王国に帰ってきてくれないか。今、グラン王国にはお前が必要だ。リューシア女王陛下も交えて、お前と、いや、あなたと話し合いがしたい」

「へ？　俺と、話し合い？」

「い、いけません！　そんなの、ダメに決まっています！」

勢いよく扉を開ける大きな音と共に入ってきた彼女に、全員が目を向けていた。アリシアは部屋に入ってくると、俺の隣に立つ。その後ろからはミラもついてきていた。

「あ、アリシア!?　って、聞いてたの？」

「聞かせてもらいました。そちらから追い出しておいて、必要になったから帰ってこいだなんてっ！　ヴァンは道具じゃないんですよっ!?」

「ど、道具だなんて。というか、お嬢ちゃん。君のような子が入っていい場所じゃない。出ていきなさい」

「貴様。俺の娘にその言い草はなんだ？」

「む、むすめっ!?　し、失礼しました。王女殿下でございましたか。ご無礼をお許しください」

「ふん。次はないぞ。それに、俺もアリシアの言う通りだと思うがな」

俺はグラン王国の王宮の狭い部屋を思い出していた。

十年間、あそこだけが俺の世界のほとんどだった。

寝て起きてはルーンを書き、外に出るといえばたまに大きな道具とかにルーンを刻むのに王宮の庭なんかに行くくらいだ。王宮から出たことは一度もない。

確かに、アリシアの言う通り、俺は都合のいい道具と思われてたのかもしれない。

ガルマは話し合いって言ってるから、そうとは限らないんだけど、もう一度あの狭い部屋にこもってルーンを書けって言われると、ちょっと嫌かもしれない。

「も、もちろん。我々が悪いことは承知しております。ですが、ヴァンにはグラン王国に戻って、もう一度、ルーン魔術師として働いてもらいたい。その交渉をしたい」

「ダメです！」

アリシアが机に乗りかかる勢いで答える。ミラがそんなアリシアをなだめている。

「落ち着きなさいアリシア。これはヴァンの問題だ」とレグルス様が言う。「ヴァン。今のお前の思いを聞かせてもらいたい」

「俺は……」

場がしんとする。みんなが俺の言葉を待っていた。

「俺は、道具じゃない。外に出て、気付けたよ。俺はもう、あんな風に仕事をしたくない。だから、今はまだグラン王国には帰れない。」

「だそうだ。ガルマとやら」

「ぐ……」

ガルマが歯噛みする。

「それに、グラン王国には俺より優秀なガルマがいるじゃない。大丈夫。何を不安に思っているのかわからないけど、ガルマならきっとやれるよ」

「ぐぐぐ……。い、いや。そうだが……。そうなのだが……。は、話し合いだけでも、ダメか？戻ってくるかどうかは、その後決めればいい。だから、その、話し合いをしに一度グラン王国に」

「くどいぞ。ガルマ・ファレン」

レグルス国王が怒鳴《どな》る。

「ここは一度引け。グラン王国の新国王がヴァンと話し合いがしたいというなら、そちらからもう一度、正式な手続きをしてこちらに来い。俺たちはヴァンに大きな恩がある。ヴァンが断る以上、俺たちもグラン王国にヴァンを帰すわけにはいかない」

「……。わかりました。ヴァン。しばらく、ここに滞在する。もし気が変われば、会いに来てくれ」

そう言い残して、ガルマは立ち去っていった。

＊

もう、やるしかない。

ラズバード王都の宿の一室、ガルマは覚悟を決めていた。

「ガルマ様。どうして、もっと誠実に頼まれなかったのですかっ？」

ここまでガルマと共に来た兵士の一人が言う。

ちっ。うっとうしいゴミが。

悪態《あくたい》を頭の中で呟き、ガルマは兵士を睨んだ。

「それに、認められてはどうですか。あなた様は優秀ですが、ヴァン様ほどではございません。彼の力が、我が国には必要なのです」

その言葉に、ガルマは耐えられなかった。たまらず机を強く叩き、立ち上がり、兵士の胸倉《むなぐら》をつかみ、壁に強く叩きつけるように押しやった。

「なんだって？　もう一度言ってみろ」

「う、うぅ……」

「落ち着いてくださいガルマ様！」

もう一人の兵士がそう言った。

「ちっ」

舌打ちと共に、ガルマはようやく手を離してやる。口答えをしてきた兵士はせき込みながら崩れ落ちる。ガルマは冷たい目でそいつを睨む。

「出ていけ」

冷たく呟くと、二人の兵士は何も言わずにそそくさと部屋を出ていった。

一人になり、これでようやくゆっくり考えられる時間ができる。

さて、問題は、どうやってあいつを誘い出すか、だ。

気が変わったら来いとは言ったが、まさか来るわけはないだろう。

流石に、王宮ごと吹き飛ばすわけにはいかない。

ガルマの考えは至って単純だった。

疑われないように、ヴァンを殺す。そして、グラン王国に帰り、ヴァンはどこかに消えたと報告する。

これで初めて、ガルマがルーン魔術師として唯一無二《ゆいいつむに》の最強になり、栄光の道が開かれる。

仮に、そう、仮にだ。

仮に、ヴァンより劣っていたとしても、ヴァンが本当にいないとなれば、他の七英雄たちもガルマを頼らないわけにはいかないだろう。

彼はそんな歪んだ考えを持っていた。認められたかった、あの七英雄たちに。そのためには、自分の存在がかすむような人間が生きているのは好ましくなかった。

「闇討《やみう》ち……。か」

呟いたその時だった。

コンコン、と部屋の扉がノックされる。

誰だ？

兵士が帰ってきたか？

い、いや。まさか……。ヴァンか？

「……。入れ」

言いながら、ガルマはポケットの中のルーンを準備する。ヴァンを殺すためのルーンを。

「お待ちなさい。わたしはあなたに協力しに来ました」

「お、お前は……」

ガルマは目を疑っていた。

薄紫《うすむらさき》の肌に、漆黒《しっこく》の角を持ち、そして黒い翼の生えた男がそこにいたのだ。その人間離れした姿に、ガルマは心当たりがあった。

「ま、魔族《まぞく》……。どうしてこんなところに」

「あなたの邪悪《じゃあく》な思念《しねん》に導かれて来ました」

「……俺が聞きたいのはそういうことじゃない。俺が聞いているのは、人間の国にどうして魔族がいるのか、と聞いているんだ」

「はて。それは今重要なことですか？　今、あなたに重要なことは、憎き相手を、どう自分の前に姿を現させるか、ということではないでしょうか？」

「……。何が言いたい？」

「協力して差し上げましょう」

「なんだと……」

「わたしが、あなたが憎む相手をあなたの前に呼びましょう、と言っているのです」

「それで、お前は俺に何を求めているんだ？　タダというわけじゃないんだろう」

「本来なら。ですが、今回はあなたのその行動がそのまま対価になる。わたしは、あなたがちゃんと動いてくれれば、それでかまいません」

「怪《あや》しいな」

「そう、ですか。いえ、嫌ならいいのです。ですが、わたしの協力なしには、あなたの考えていることは難しいように思えますが……」

　確かに。この魔族の言う通りだった。

　ガルマも、ここにいつまでもいるわけにはいかない。

　兵士たちだってうるさく口を出してくるだろう。女王陛下や七英雄たちに報告されては面倒だし、結局何もせずに帰っても、ガルマのメンツがつぶれるだけだった。

この魔族の男が何を企んでいるか、それはガルマにはよくわからなかったが……。ガルマは頷いた。

「わかった。それで、俺は何をすればいいんだ？」

「何もする必要はありません。わたしについてきていただければ。強いて言うなら、あなたの憎き相手を、あなたが倒す準備をすればいいでしょう。あのグラン王国の七英雄の一人なら難しいことではありませんよね」

「ふん。俺はそれ以上何もする気はないぞ」

「ええ。構いませんとも。それでは、今宵《こよい》はこのあたりで」

魔族の男が姿を消した。

そして、数日後。

その日はやってくる。

＊

ガルマが来てから数日が経っていた。

あれから、ガルマと会うこともなく、俺は王宮でアリシアにルーン魔術を教えたり、アリシアたちと街に行ったりして日々を過ごしていた。

「おはようございますヴァン」

朝。部屋にやってきてそう言ったのはミラだった。

その格好はメイド服ではなく、町娘風の服に帽子を深めにかぶり眼鏡を掛けた、街に出る時の格好をしている。王都に出るのだろうか。

「おはようございますミラ。アリシア」

「はい。おはようございます」と、アリシアが微笑む。

「こんな朝早くから一体どうしたの？　それにミラのその格好は？」

ミラは帽子を取ると、困ったように眉を曲げた。

「それがですね。ゼフ宰相から先ほど、王都に急な用事を頼まれまして。午前中は王宮にいないのです。どうしてもわたしに行ってもらいたいそうで」

格好から予想されるように、ミラさんはやっぱり王都に行くようだった。

「じゃあ、アリシアも？」

「いえ、それが」と、ミラさんが言う。「アリシア様は午前中はお勉強をなさらないといけないのです」

「そうなんだ」

それに驚きはなかった。俺がここに滞在するようになってからも、アリシアが勉強をしている姿は何度も目にしているからだ。

「そこで、ヴァンにお願いがあるのですが、わたしが王都に出向いている間、アリシア様についていてもらいたいのですが」

「ディアンはどうしたの？」

彼はそういう時にこそ働くものではないんだろうか？

「それが、ディアンも今日は忙しくて。アリシア様の近衛兵がグラン王国に出向いた時に亡くなったので、新たな近衛兵の選定に、兵士としての訓練。それから、書類仕事なんかもありまして」

「そ、そうなんだ。それは……大変だね」

き、聞くだけで忙しそうだ……。

って、そうだよね。ディアンは近衛騎士隊長なんだし。それくらい忙しくても不思議はない。なんか、改めて見直しちゃうなあ。

「まあ、そういうことです。ディアンも、ヴァンなら問題ないと仰ってましたので」

「あ、あはは……。ヴァンにお願いできれば、と」

「ですので、ヴァンにお願いできれば、と」

「わたしからもお願いします」

アリシアがなぜか妙に楽しそうなのは気のせいだろうか。まあ、それは置いといてこれといった用事もなかった俺は頷いた。

「うん。俺でいいなら。引き受けるよ」

俺がそう言った時だった。

「すみません。少々よろしいですかな」

部屋に新たな人影が入ってくる。宰相のゼフさんだ。

「ゼフさん?」

「おはようございますヴァン殿」

「えっと、どうかしましたか?」

「はい。先日、ここに来られたグラン王国の七英雄のガルマ殿がまた来訪されました。今から、ヴァン殿と少しでいいから話をさせてほしいと。相手があの七英雄ですので、わたしも無下《むげ》に追い返すわけにはいかず……。お願いできますかな？」

「お父様はなんと言っておられましたか？」

アリシアが表情をこわばらせる。この前の時も、アリシアが一番怒ってくれていたようだったし、やっぱり俺がガルマと会うのは不服なのだろう。

だけど、ゼフさんはそんなことは意にも介さない。

「先日のことを深く反省しているようでしたので、少しなら、と仰っております」

「そう、ですか……」

「アリシア様。ご理解ください」

「……わかりました」

「ですので、アリシア様の護衛はわたしめが承《うけたまわ》りましょう。老いぼれですが、護衛も務まらぬほど老いてませんよ。王都のほうはわたしよりミラの方が適任ですから、今日はそうしたほうがいいでしょう。いやはや、朝から慌ただしいですな」

「そうですか。ゼフ宰相なら安心ですね」

どうやらゼフさんの実力はミラさんも信頼しているようだ。

「では、アリシア様はお部屋でお持ちいただいていてもよろしいですか？　ヴァン殿をお連れした後にお伺いしますので」

アリシアがしぶしぶ頷いた。

「では、ヴァン殿。こちらについてきていただけますかな」

ゼフさんが部屋を出ていった後、アリシアが心配そうに俺を見ていた。

「……行ってらっしゃい、ヴァン」

「うん。行ってきます、アリシア。あ、そうだ」

「どうなさいましたか？」

俺はアリシアの前でしゃがんで、彼女の頭に手を置いた。

「あ、あの……。ヴァンっ？　ど、どうしましたかっ？」

なぜだか焦った様子のアリシア。

「アリシア、ハンカチ持ってる？」

「え？　はい。ありますよ。……って、あれ？」

アリシアはハンカチを持っていないことに首を傾げる。

「忘れたみたいです……」

「じゃあ、貸してあげるよ。困ったら使って」

俺はアリシアにハンカチを渡す。

「ありがとうございますっ！」

そうしてハンカチを受け取ったアリシアの顔からは心配そうな表情は消えていた。

気も紛れたみたいでよかった。

「じゃあ、行ってくるね」

俺はゼフさんの後を追いかけた。

＊

「ゼフさん？　どこに向かってるんですか？」

歩きながら聞くが、ゼフさんは答えない。

「あの、ガルマはどこで待ってるんですか？」

「ついてきてくだされば」

取り付く島もない。

まあ、今はついていくしかないのかもしれない。

黙ってついていくと、王宮の正門とはちょうど反対の位置くらいのところに着いた。

裏口のような場所があり、そこから出ると、王宮の裏手には森が広がっていた。

「外……、ですか？」

「はい。こちらです」

「何を企んでいるんですか？」

ゼフさんが立ち止まる。

「流石に、お気付きになられますか」

「だって、まさか、森の中で話し合うなんて、童謡に出てくるような動物の話じゃないでしょ？」

「ほほほ。全く面白い。ですが、わかろうとあなたに選択肢はない。それとも、ここでわたしに何かをしますか？　お得意のルーン魔術で」

「そうしたら、あなたは国王に報告して、俺を密偵《みってい》だったとでも言って追い出そうとするでしょう」

　ゼフはにやりと笑った。

「国王様はあなたを信頼していますから。聞き入れてもらえるかはわかりませんが」

「それでも、疑いの目はかかる。もしかしたら、一時的に牢に入れられたりとか、あるいは部屋で大人しくしていろと監視をつけられたりとか、少なくとも自由には動けなくなる。あなたの目的は俺の自由を奪うことだ」

「……。なるほど。なぜそういう考えに？」

「一番最初に疑問に思ったのは、俺がこの国に来た日の夜。ミラが俺の部屋を訪れていた時です」

「ふむ」

「あの時話し声がするから、とあなたは入ってきましたが、扉は閉まっていたし、俺もミラもそんなに大きな声では話していなかったと思います。この王宮で暮らしていてわかりましたが、部屋の中の声が簡単に聞こえてくるようなことはありませんでした。それに、あなたはノック一つせずに部屋に入ってきた。だから、あれはあなたが咄嗟についた嘘だ。あの時、あなたはきっと寝込みを襲うつもりだった。違いますか」

「今でなければ、ひどい妄想《もうそう》だ、と言っていたでしょう」

「ですから、俺もずっと黙ってました。あなたを疑うことで、俺に疑いの目がかかるのもまずいですし。それに、まあ、本当に勘違いで、ひどい妄想だということもあったでしょうからね。あとは毒井戸のことでしょうか。あれも、あなたが起こしたことですよね？」

「なぜ？」

「きっと、もっと混乱を起こしたかった。その間に、あなたは何か目的を達成したかった。でも、俺とアリシアがルーンで事を収めてしまったから、予想以上の騒ぎにならなくて、あなたはそれ以上何もできなかった。違いますか？」

「ふむ。だけど、それも、所詮《しょせん》は妄想だと切り捨てられる。だから、あなたはまだ誰にも打ち明けなかった」

「そういうことです。あなたはどうやらこの国での信頼が厚いようなので」

ゼフが振り返る。

俺は思わず眉をひそめた。

その表情が、見たこともないくらいに邪悪《じゃあく》に歪んでいたから。

背筋を凍らせるようなその笑みに、俺は言葉を失っていた。

「ですがそこまでわかっていても、どうしようもない。あなたにはこれからガルマと会い、事が済むまで時間をつぶしてもらいます」

「おいおいおい！　なんだよ！　早くしやがれ」

いら立ったようながなり声と共に、森の中から一人の男が現れた。

ガルマ・ファレン。

そいつは、金色の髪をなびかせ、獲物を見るような鋭い目つきで俺を見ていた。

「俺のところに連れてくるんじゃなかったのか!?　何こんなところで油売ってんだ」

「少々うるさいですね。まさか、これほどまでに勘づかれているとは思わなかったのですよ。このヴァンという男は存外頭が切れるようだ」

ガルマは嫌そうな顔をして、舌打ちをしていた。

「ちっ。まあいい。俺についてきな、ヴァン」

「ガルマ。できれば、後にしてほしいけど」

「こいつを見てもそれが言えるか？」

「それは……」

ガルマが取り出したのは、拳大ほどの石炭に、紙を貼り付けたものだった。

俺はそれによく見おぼえがある。

「【爆発】のルーン……」

「おう。そうだ。お前が来ないなら、俺はこいつを王宮にぶっぱなす。だが、流石にそこまではしたかねえんだ。お前がついてきてくれるっつうんなら、俺はそれでいい。どうだ？　ついてきたくなったか？」

「わかったよ。だから、それをしまってくれない？」

ガルマは石炭をポケットにしまい、踵を返した。

「ふん。こっちだ」

仕方なく、俺はガルマの方へと歩いていく。

ゼフとのすれ違いざまに、冷たくしわがれた声が耳の中に入ってきた。

「どうぞ、ごゆっくり」

＊

ガルマと共に、森の中を歩く。

そこはそれほど深い森ではなかった。木と木の間隔もそれほど狭くはなく、木漏れ日が降り注いでいる。風が抜けて、土や草木の匂いを舞い上げた。

こんな時でもなければ、随分と気持ちがいい場所だろうと思うと、少し残念だ。

「ガルマ。どこまで行くの？」

「はん。そう焦るな。それにもう少しだ」

やがてガルマは立ち止まり、しゃがみ、地面に手を当てた。

瞬間、地面が光り、派手な音を唸らせ、土が蠢く。

俺たちを囲むように土が盛り上がり、あっという間に二人の周りに高い壁を作り上げてしまった。

どうやら、【土壁】のルーンを仕込んでいたようだ。

「どうあっても、逃がさないってこと？」

「そういうこった。大丈夫さ、王宮のことは気にしなくても。ゼフのこともな」

「そんなわけにはいかないよ」

「そうかよ。でもなあ」

ガルマが笑う。

「ここで死ぬてめぇには関係のないことなんだよっ！【ウィンドカッター】！」

ガルマが右腕を突き出すようにすると、何もない空間に魔法陣が現れる。その魔法陣が光り、鋭い音と共に放たれた風の刃は木の葉を巻き上げながら俺の方に向かってきた。

俺は咄嗟に横に跳んだ。

風の刃は俺の後ろに立っていた木に命中し、幹《みき》を両断する。木はきれいな断面を作り、轟音《ごうおん》と共に地面に倒れる。

もし当たっていたら、俺があんな風に……。俺は改めて、ガルマが本気であることを実感していた。

「一体どうしてっ？　俺がグラン王国に帰らないからっ？」

「てめぇが知る必要はねぇよ！　【ウィンドカッター】！　【ウィンドカッター】！　【ウィンドカッター】！」

話し合う気はないようだった。

次々と繰り出される風の刃を俺は木々の間を跳んで避ける。地面に着弾する魔法は大きな音を立てながら土や木の葉を激しく吹き飛ばし舞い上げる。

きっとウィンドカッターを連打しているのは、俺のルーン対策もあるのだろう。

こう間髪いれずに打たれてはルーンを刻む暇もないし、地面ごとめちゃくちゃに吹き飛ばされては地面に刻んでも意味がない。

森での戦闘に慣れているのが唯一の救いか。草や蔓《つる》、軟かい地面に足を取られることはない。どんな環境でも戦えるようにしてくれた師匠に感謝だ。

「逃げてるだけかァっ!?　っつっても、逃げるしかできねぇよなあ！　お前は確かにルーン魔術師としては優秀かもしれねぇ！　だがよぉ！　ルーンなしじゃなんにもできねぇだろ！　実戦なら俺のほうが上手だ！【ウィンドカッター】！」

次々と、間髪なく放たれる風の刃を俺は避けるだけしかできなかった。流石はガルマだ。俺の代わりに七英雄に選ばれるだけはある。

ちゃんと対ルーン魔術師の戦闘方法を知ってる。

ルーンを書くための十分な時間を与えない。ルーンを書かれてもいいようにルーンを書ける物ごと吹き飛ばす。全く、効果的だ。

だけど。だったら、最初からルーンが書いてある物を使えばいい。

正直、まだ使いたくなかったけど、仕方がない。

俺は着ているシャツを脱ぎ、一本の線になるように伸ばし袖のあたりを握る。そして、魔力を通した。

「なんだそれは？　腹を括《くく》ったかっ⁉　【ウィンドカッター】！」

襲いくる風の刃。

木の葉を舞い上げながら、空気を鋭く割く音と共に向かいくる。

俺はそれに合わせて、一本に硬くなったシャツを振り下ろした。

シャツが風の刃にぶつかる。だが、シャツは斬り裂かれない。大木をも斬り倒した鋭い風の刃を真正面から受け止め、硬い音を立てた。

「うおおおおおおおおおおおおおっ！」

腕がきしむような、確かな手ごたえを感じる。大木を斬り倒し、地面を抉るほどの威力の魔法だ。

実際に受けてみて、その魔法の強力さがよくわかる。でも、七英雄のリッカの攻撃や、カイザーの剣の威力、ルーアンの魔法の意地悪さ、そんな俺が経験してきたものに比べれば、それは一段劣るものだった。

引いた右足で踏ん張って、俺はついに風の刃を弾き飛ばした。

「なっ！」

絶句するガルマはシャツを振り切った俺を驚くように見ていた。

「な、なんだ、そのシャツは……。そんな布切れ一枚で……。どうして俺の魔法を……」

「【硬化】のルーンを書いておいたんだ。シャツだって、こうすれば立派な武器になる。ガルマも、ルーン魔術師なら知ってるよね」

「な……。し、知るかそんなもん。い、いや……。くっ！　くそっ！　【ウィンドカッター】！

【アイスランス】！　【ボルトショット】！」

いろんな魔法を織り交ぜてくるが、俺は武器となったシャツでそれらを弾き落としながら、徐々にガルマとの距離を埋めていく。ガルマの顔には、少しずつ焦りが表れ始めていた。

「くそ！　く、来るな！　なんでだよ！　なんで当たんねえんだ！」

「攻撃を防ぐのは、得意なんだ！」

魔法を放ちながら後ずさるガルマは、その足を止めた。いや、止めざるを得なかった。後ろには、巨大な木が迫っていたのだ。森の中、後ろも見ずに、ただまっすぐに後ろに下がった結果に起きた当然の帰結《きけつ》だ。

「く、くそっ……」

俺とガルマの間に、ガルマが新たな魔法を繰り出すほどの距離はなかった。俺は硬化したシャツを構えてガルマに迫る。ガルマは魔法をあきらめたのか、ルーンの書いてある紙を取り出す。

やっぱり、ガルマはルーン魔術師としてルーン魔術師と戦った経験は少ないのだろう。

師匠の教えが、俺の脳裏に浮かぶ。

『ルーン魔術師と近接戦する時に、ルーン魔術を使うな。利用されるだけだ。だからもしも、お前がルーン魔術師と戦う機会があれば、近接戦になる前にルーンは使い切れ』

俺は距離を詰めて、ガルマに手を伸ばす。

ガルマは後ろの木にルーンの紙を貼り付け、起動していた。

「【木縛】！」

ルーンが発動する。巻き添えを食わないように横に跳ぶガルマ。木の幹から、俺の体を捕まえようと、枝が伸びてくる。だけど、ガルマが何をするのか、ルーン魔術師として手に取るようにわかっていた俺は、それよりも早く逃げるガルマの服をつかんでいた。

「何を……！」

「こうするんだ！」

ガルマを引き寄せる。そして、俺は位置を入れ替わるように、ガルマの体を押し寄せてくる枝に向かって突き飛ばした。

枝がガルマの腕を絡めとり、胴体、足、と巻きついていく。

「な、ど、どうなってる？　どうして、俺が！」

言っている間にも、枝に引っ張られたガルマは木の幹にがっちりと固定されてしまう。

どうにか振り払おうと、動きもがくがどうにもならない。

「ルーン魔術師の近くで、ルーン魔術を使うのは危険だよ。俺は、たまたま師匠にいじめられてたからルーン魔術師との戦いには慣れてるんだ。ガルマ、君は多分、本当に優秀なんだと思う。俺はあんな魔法は使えないから。でも、経験だけなら、今回は俺のほうが上だったと思う」

もしガルマがルーン魔術師との戦いに慣れていたなら、【ウィンドカッター】なんて魔法よりもまずは相手に利用されないために自分の持ってるルーンを使い切ることを考えるはずだ。

なのに、魔法を連打するガルマを見て、俺はガルマがルーン魔術師との戦いに慣れてないことに気付けた。

「クソが！　勝った気になりやがって！　こんな木に縛り付けられたことくらい、お前の使えない魔法でなんとでもしてやる！」

「わかってる。だから、少し眠っていてくれ」

俺は、一枚の紙をガルマの前に突き出した。【発雷】のルーンだ。金属にくっつけて使うルーンだが、ちょうどよく金属片もある。

ガルマは目を見開いていた。まるで、信じられない光景を見ているようだ。

「なんで……。お前、ルーンを持っていたのか……。それに、その金属片も、どこに隠してた……」

「持っていたのは俺じゃない。ガルマだよ」

「なっ！　てめえ！　俺のルーンをくすねたのか！」

ガルマの体を引き寄せた時、俺はガルマの服のポケットからルーンを抜き出していた。それぐらいの手癖の悪さも師匠に教わった。

「ルーン魔術師がルーン魔術師と戦う時に気を付けないといけないのは二つ。一つは、自分のルーンを利用されないこと。そしてもう一つが、事前にルーンを準備しすぎないこと。盗まれて使われないためにね。足りない分は戦闘中に用意するのが、一流のルーン魔術師だよ」

なんて、師匠の受け売りだけどね。

修行の時は、ただ俺をいじめたいだけだろなんて思ってたけど、師匠との戦闘訓練が役に立つとは……。ありがとうございます師匠。

俺はガルマにルーンを貼り付ける。

ちょうど腹のあたりが枝が巻きついてなくていい感じだった。【発雷】のルーンで気絶させてから行こう。

そう思っていた時だった。

「くそが……。なんでだよ……」

体に巻きつく枝に、体重を預けるようにして力なくうなだれるガルマが呟く。

「ガルマ?」

「なんで、俺じゃ駄目なんだよっ!」

叫び、顔を上げる。眼前にある彼の瞳には、涙が浮かんでいた。俺は手を止めて、彼と目を合わせていた。行き場のない荒れ狂う嵐のような表情をしていた。俺は、何もできなかった。ただ待った。彼の言葉を待っていた。

「努力したよ! リューシア女王の信頼を得られるほどに! なのに、いざ七英雄になったら、なんで、誰も俺を必要としねえっ! なんで、てめえだけが求められる」

「必要と、されてない……？　どうして。だって、君は俺の代わりに七英雄になったんじゃないの？」

「ああ、そうさ！　だがな、俺も、リューシア女王も知らなかったんだ……。てめえのことを。なんにもな！　俺には……代わりが務まらなかったんだよ……」

「ガルマ……」

「お前は、道具じゃないって、そう言ってたな」

「……。うん」

「いいじゃねえか……。何が駄目なんだよ。道具で、道具でも、いいじゃねえかっ！　誰かに必要とされてんだ！　俺よりずっと！　いいじゃねえかよ！　使い道のない俺なんかよりよぉ！」

「ガルマ……。それは、違うよ」

「何がちげぇんだよ！　言ってみろクソッタレ！」

「君ができることをすればいいんだ。俺にだって、できないことはいっぱいある。他の七英雄のみんながてきて、俺にはできないことなんていっぱいあるんだ。七英雄に限らない。ディアンやミラにできて、俺にできないこともいっぱいある。結局、俺たちは自分にできることを探すしかないんだ。道具みたいに、誰かに何かをやれって言われるんじゃなくて、自分で探して、自分で選ぶんだ。何ができるかを」

「何ができるかを……。自分で、探す……。自分で、選ぶ」

ガルマの体から、力が抜ける。

「うん。俺の代わりなんて、そんなものにならなくたっていいんだ。君にしかできないことは、きっとある」

「ある……、のか？」

「あるよ。きっと。自分でつかむ明日が」

そう信じたかった。

ガルマに言いながら、俺は自分に言い聞かせていたのかもしれない。

地面を見つめながら、ガルマは言った。呟くように言った。

「行けよ。早く。もう、邪魔はしねえから。お前にしかできねえことが、あるだろ」

「うん。行くよ」

俺はガルマからルーンを離して背を向けた。俺は走り出した。大きな壁が見えてくる。

俺たちを囲みそびえたつ土壁に、俺はガルマから取った【爆発】のルーンを起動して叩きつけた。

――ドッゴォォォォォオオオオン！

盛大な爆音と、そこらじゅうの物が舞い上がった。俺は降り注ぐ泥や木っ端《こっぱ》をくぐって走った。

ただまっすぐに王宮へと走った。

＊

王宮の裏手に戻ると、一人の女性が走ってきていた。ミラだ。

「ミラ！」

「ヴァン！」

俺を見つけたミラは一心不乱《いっしんふらん》に走ってきている。その顔は今にも泣きそうで、だけど、それを必死にこらえているような、そんな表情だった。

「……と、み、ミラ⁉」

俺のところに駆け寄ってきたミラは、シャツを脱いでいる俺の格好に気付く余裕もなく、胸に縋《すが》るように顔をうずめた。俺が受け止めると、それから、すすり泣きながら呟いた。

「ヴァン……。」

「ミラ。落ち着いて。アリシア様が……」

「それが……。わからないんです……。やっぱりアリシア様のことが心配になって、帰ってきたら、アリシア様の姿が見えなくて……。必死に探していたら、裏庭の方から大きな音がして、こちらに来てみたんです。ヴァン、わたしは、どうすれば……。アリシア様の身に何かあったら、わたしは……」

やっぱり、ゼフの狙いはアリシアだったか。

アリシアをさらった後のゼフの目的は？

恐らく、いや、きっと国王様だ。だからこそ、ゼフはまずアリシアを狙ったんだ。

「落ち着いてミラ。きっとアリシアはレグルス国王といると思います。レグルス国王がどこにいるかわかる？」

俺はミラをなだめながら聞いた。ミラは体を震わせながら言った。

「へ、陛下ですか……。恐らく、謁見の間におられるかと思います。確か、ゼフ宰相が今日は遠くからお客人が姿を隠していらっしゃると仰っていて、わたしたちも謁見の間のある階に入るなって言われてるんです」

そこまで手を回してるのか。

なら、間違いない。

「ありがとうミラ。きっとアリシアはそこにいる」

「ほ、本当ですか？」

ミラが顔を上げる。涙でぐしゃぐしゃの顔は少しうれしそうだったのは仕方ないだろう。ミラは知りようがないのだ。アリシアに危険が迫っているなんて。

「急ごう。手遅れになる前に」

俺がそう言うと、ミラの表情が険しくなる。

小さく頷いたミラは、袖で涙を拭った。

「はい。行きましょう」

ミラが走る。俺も追いかける。長い廊下を走り、階段を上がり、また長い廊下を走り、息を切らせ、肺が苦しくなっても速度を緩《ゆる》めることなく全力疾走《ぜんりょくしっそう》で王宮の中を進む。

謁見の間のある階層は人気《ひとけ》がなかった。きっと、あらかじめ人払いがされていたのだろう。宰相のゼフの力があれば簡単なことだろう。

その人気のなさのせいで、背筋が寒くなるような静けさが蔓延して、それが俺の頭の中に最悪のシーンを思い浮かばせる。

ゼフの隣に、血を流して倒れる二人。

そして、俺が入ると、ゼフは奇妙に笑ってこう言う。

『おや。ガルマ様とのお話は終わりましたか？』

やめろ。そんな考えするだけ無駄だ。それにそうはならないとわかってる。だけど、もしも、俺の考えに思い違いがあったら……。

ごくん、と唾を飲み込んで、脳内に流れた、足にまとわりつくようなしわがれた声を振り払う。

ミラが足を止める。目の前には、謁見の間の大きな扉。俺たちは勢いよく扉を開いた。視界に映ったのは。

剣を構えるゼフと、その後ろで倒れ込むように座るアリシア。

そして、剣を抜きゼフと向き合う国王様。体にはいくつもの傷を作っており、その表情も苦悶《くもん》に満ちていた。

だけど、俺はひとまず安心した。

時間は、俺に味方した。最悪には、至っていない。

「ヴァン！　ミラ！」

アリシアが叫ぶ。

「間に、合った……」

肩で息をしながら、俺はそう呟いた。

「ちっ。役立たずが……。七英雄だからと信じてみたが、まさか負けただけではなく、時間稼ぎもろくにできないとは」

ゼフの悪態が響く。

「ゼフ。あなたの負けだ。大人しく投降《とうこう》してください」

静かな謁見の間には、俺たちの呼吸音だけが響いていた。

手に持つ剣の切先を地面に向けて静観するゼフがくつくつと不気味に笑い出したのがよく響いた。

「ここまでやって、時間切れですか……。なんともまあ……」

「ああ」

俺が一歩出ようとした時だった。

「動くなっ！」

そう言って、ゼフは剣をアリシアに向けた。

俺とレグルス国王様の体が固まる。

「動けば、殺します」

無表情でゼフはそう言う。そして、アリシアの髪を乱暴につかみ引っ張り上げた。

「い、痛っ……」

アリシアの声が漏れる。そんなアリシアの首に、ゼフは剣を当てた。

「どきなさい、ヴァン」

「逃げるつもりか」

アリシアを人質に取ったつもりなのだろう。ゼフはアリシアを捕らえたまま、謁見の間の出入り口であるこちらに向かってくる。

「ええ。邪魔をするなら、アリシアの首を落とします」

「待て、ゼフ」

レグルス国王が口を開いた。

「アリシアを放せ。俺が代わりになろう。お前の目的は、もともと俺のはずだ」

傷だらけの体で息も絶え絶《だ》えにそう言った。

「ほう。それはそれは、願ったりかなったりですが、なぜこのタイミングで？」

「ヴァンが来るのを待っていたんだ。ヴァンなら俺の代わりに、アリシアを守ってくれるからな」

「だ、ダメです！　お父様っ！　わたしなんかのためにっ！　お父様がいなくなったら、この国はどうするのですか!?」

「大丈夫だ。俺の子供たちなら、きっとうまくやる。もちろん、アリシア。お前もな。それよりも、俺は……」

「お父様！　力を持たないわたしを捨てるべきですっ！　どうしてわたしなんかを助けようとなさるのですか！」

「お、俺は……」

「レグルス国王様」

俺はそう口にしていた。

自分を捨てろと言うアリシアも、そして、娘のために自らを犠牲にしようとしている国王様も、これ以上俺は見ていられなかったのだ。

全員の目が俺を向く。

「部外者が。黙って見ていなさい」

そう言うゼフに、俺も言い返す。

「部外者でも、俺はルーン魔術師だ。困っている人を助けるルーン魔術師だ」

「だから？　なんだと言うのですか。結局、この場面で、あなたにできることは何もないのです。さあ、レグルス様。武器を捨て、こちらに来てもらえますか。そうすれば、アリシアを解放すると約束しましょう」

レグルス国王は、俺の方を向いて笑った。

「俺がいなくなった後、アリシアのことを頼んでもいいか？」

「そんな必要はありませんよ」

俺はそう答え、ゼフに向き直る。

「準備はしてきました」

「準備？」

ゼフの顔が歪む。

俺はその顔から視線を外した。

そして、アリシアに目を向ける。アリシアの今にもこぼれそうなほど涙をいっぱいに湛える目と目が合った。

「アリシア、安心して。俺は、困ってる人を助けるルーン魔術師だ。君が困ってるなら、何度だって助ける」

「困ってるなら……」

アリシアが呟いた。

何かに、気が付いたように。

「あなたに何ができるというのですか？　あなたが何かしようとすれば、わたしは容赦なくアリシ

ア の首を落としますよ」

ここから何ができるか。

そう。

ゼフの言う通り。何もできない。

準備をしていなければ、ルーン魔術師は何もできない。

でも、準備さえしてたら。

できることはある。

「さて、どうせ時間稼ぎのつもりなのでしょう。さあ！　国王様！　ご決断を！　武器を捨て、こちらに来てくださいますかな？」

ゼフが言い切ったその時。

アリシアの上着のポケットが強い光を放ち、その光に押しのけられるようにゼフは吹き飛ばされた。

「これは……。何が……！」

自分の予想外のことが起きて動揺しているのか、ゼフは瞼をピクピクと痙攣《けいれん》させながら、呟く。

その目の先には、アリシアの周りを覆う光の壁でできた箱のような物が現れていた。

「【結界】のルーンです。一定時間、外と中を完全に隔離する光の壁を生み出します。発動中には、中からも攻撃できないとか、逃げることはできないから時間稼ぎにしかならないとか、その間に敵に囲まれてしまうとか、まあ、いろいろと欠点はあるルーンですが。今、この状況には適しています」

「……いつの間に、こんな物を」

「朝、アリシアと別れる時に渡していました。ハンカチにルーンを書いて」

「そんな奥の手を持っている様子はアリシアからは見られませんでしたが……」

「ええ。気付かれてはいけないと思い、ルーンのことは言いませんでしたから」

「先ほどのやりとりで、気付かせたということですか」

「そういうことです」

「アリシアが気付かなかったらどうするつもりですか？」

確かに、もしアリシアが俺の隠したルーンに気付かなかったら、この窮地は脱せなかった。

だけど、俺には確信があった。

「気付きますよ」

「なぜ？」

「アリシアには、ルーン魔術師としての才能がありますから」

ふぅ。とゼフは大きくため息をついた。

「そうですか……。もう一つ、もしもあなたが来る前に、わたしがアリシアを殺していたら、どうするつもりだったんですか」

「それはないと、わかってました」

「理由を聞いても？」

「ゼフは、国王様がアリシアを愛していることを知っているから」

「えっ……。お父様が、わたしを」

アリシアが驚いたように目を見開いていた。

自分は死んでもいい存在だとまで言っていたアリシアからしてみれば、信じられない事実かもしれない。

「そうだよ。アリシア。レグルス様は、君をちゃんと愛しているんだ。そして、だからこそ、アリシアがレグルス国王様にとっての弱点になるとゼフは知っていた。きっと、グラン王国でアリシアを襲わせたのも、ゼフですよね」

少しの静寂の後、ゼフは肩を揺らし始めた。

「ふふ。ふふふふふふふふ。ええ。そうです。そうですよ。なるほど。よく気付きますね。いやはや、こう、なんと言いますか。うまくいかないものですね」

ゼフが言う。ため息をつきながら、肩をすくめた。

「ゼフ……。お前は一体なんのために……」

国王様が失意の下そう言った。

「わたしは、王になりたかった」

「王になりたかった……。俺を殺して、か?」

「ええ。そうですよ」

「ふん。馬鹿なことを。俺よりお前が強かったとしても、この国では王族以外が国王になれないことは知ってるだろう」

「そのための準備はしてきましたよ。宰相という立場を使えば難しいことではなかった。あとは、あなたを秘密裏《ひみつり》に消して、適当にあなたの遺言をでっちあげるだけでよかったんです」

「そんなことまで……」

レグルス様は茫然としていた。彼はゼフを相当信用していたようだったし、そんな裏工作まで綿密に行われていたなんて茫然とするのは仕方がないのかもしれない。

「あとは実行する機会だけがなかった。一対一であなたが逃げも隠れも、助けも呼ぶことができず、かつ確実にあなたを殺せる状況を作るというなんとも面倒くさい状況を作る必要があった。ですが、ずっとどうしようかと考えていた時に、アリシアが生まれた。ほとんど役に立たないほどに魔力が少なく生まれてきたアリシアが。その時に思いましたよ。彼女は使える、と」

俺は感情を押し殺しながら聞いた。

「だから、アリシアには政治や国の勉強をさせたのか」

自分でも驚くほど冷たい声だった。

「ええ。そうです。剣の訓練でもさせれば、まあ、少しは使い物になったかもしれませんが。そうなられては困る。彼女のためと言って、政治の勉強をさせました。そして、ようやく機会が巡ってきた。彼女が隣国に、国の代表として挨拶に行くというね」

そして、ゼフはアリシアをさらう計画を企てた。

皮肉にもそれが、アリシアと俺が出会うきっかけになったのだ。

凍ったような感情が、段々と熱を帯びてくる。頭に血がのぼる。体温が上がってくるのがわかる。

気付けば、右手を握りしめていた。

ああ、俺は今、怒っているんだ。熱いはずだが、ひどく冷静な頭でそう思った。

ゼフはなおも語る。

「あとは彼女をさらってしまって、レグルスを呼びつけるだけでよかった。ようやくアリシアも役に立ってくれると思ったところにあなたですよ。いやはや、本当にうまくいかない」

「役に、立つ？　お前はアリシアが、どんな気持ちでグラン王国に行ったか知ってるか？」

「さあ？　知りませんよ。それはわたしには関係ありませんから」

肩をすくめてあっけらかんと答えるゼフに、俺は唇を噛んだ。

「そうか……。いや、そうだよな」

知るはずがない。道具みたいに人を使う奴が、道具みたいに使われた人の気持ちなんか。

「俺は、あなたを許せない。アリシアを道具みたいに使ったあなたを！」

「許されようなんて思っていませんよ。あなたにも、誰にも」

俺は、ガルマと戦った時に使った硬化のルーンで一本の棒状に固めたシャツを構える。

それを見て、ゼフは笑う。

「なんですか、それは。まさか、そんなゴミみたいな物で、わたしと戦えると？」

その瞬間、悪寒《おかん》が俺を襲った。異様な雰囲気に気付いたのか、レグルス国王様も険しい表情を一層険しくする。

ゼフの体から、力があふれ出してくるのを感じる。

「ゼフ……。あなたは……」

徐々にゼフの姿が変わる。

肌は毒々《どくどく》しい紫色に、頭からは黒い角が生え、背からは黒い翼が伸びる。

その姿は、

「魔族……。お前は……。魔族だったのか」

レグルス国王が呟いた。

魔族。

それは古くから人間と対立する存在。

歴史を読み解いても、この二つの種族が過去協力していたことはない。

それは主に、魔族の性質に由来する。

魔族の持つ角は、魔力の生成器でありそれゆえに、角を持たない人間よりも多くの魔力を生成できる。

そして、その多すぎる魔力の影響が、紫色の体色、黒色の翼、そして、強い渇望として現れる。

つまり、魔力が一種の興奮剤として魔族には常に働いており、魔族は常に何かを強く求めている。

土地であったり、食物であったり、名誉であったり、血であったり、女であったり。いろいろなものを欲しているらしい。

そして、彼らはその発散の方向を人間へと向けているのだ。

内乱で自滅しないためとも、他種族からの略奪がより強い快楽を生むからともいわれている。

とにかく、太古より魔族は魔力を多く持つために生まれる欲望を人間に向けている。

だから、人間と魔族との間に争いは絶えない。

そして、そんな魔族の中で特に強い者だけが使える秘技が存在する。

それが……。

「『人化』して、人間の国に紛れ込んでいたとはな……」

血まみれのレグルス国王がそう言うと、ゼフは嫌そうに眉をひそめた。

「人化と言うのはやめてもらいたいですね。そう言われると、まるでわたしたちが人間ごときになりたいみたいではないですか」

「違うのか？」

ゼフは不快そうに眉間に皺を寄せる。

「違いますよ。あの姿は、わたしたち魔族が、自分の力を完全にコントロールできるようになった証《あかし》なのです。人間の姿かたちになるのは副反応に過ぎません。まあ、その副反応のおかげで、わたしがここまで入り込めたことは認めますがね」

ゼフはそう言って肩をすくめた。

それから、ゆっくりと剣を構える。

「さて、おしゃべりはこの辺にしておきましょうか。ヴァンも焦る様子はありませんし、きっとこの【結界】のルーンはかなりの間持続するんでしょうね」

なるほど。

よくしゃべるとは思っていたが、それで俺の反応も窺っていたのか。

「そうだね。一日は持つかな。それか、中のアリシアが自分の手でルーンを壊すか」

「わかりました。では、やはりこの国を手に入れるのは難しそうだ。せめて、あなたたち二人の首を手土産に、魔族領へと帰ることにしましょうか」

ふわり、とゼフの翼がはためいた。

「ヴァン！　気を付けろ！」

レグルス国王が叫んだ。

次の瞬間。

強く地面を蹴る音が響いた。まるで大砲を撃ったみたいな音だ。音の衝撃を感じた次の瞬間。ゼフの剣が俺の顔の目の前にあった。

咄嗟に首を傾ける。剣が頬をかすめ、焼けるような痛みが這う。

「なっ！」

驚いたのはゼフだった。

俺は距離を詰め、ゼフの腕をつかんでいた。

「初撃には驚いたけど、カイザーやリッカよりも遅いよ！」

「チッ！　ガキがァ！」

視界の端でゼフの膝が上がるのが見えた。

体をひねり避ける。だが、それと同時に、ゼフが腕を引こうとした。

「なっ……！　これは、なんだ！」

ゼフの動きが止まる。いや、止めた。その体には、木が巻きついていた。

「【木縛】のルーンだよ」

ガルマからくすねたルーンだ。

「くそ、こんなもの。おい！　何をしている！」

俺はゼフの体に、【発雷】ルーンをつけた金属片をくっつける。

「【発雷】」

「ぐ、があああああああああああああああ！」

発動したルーンが、激しい電撃をゼフに流す。ルーンの効果が収まると、ゼフは力が抜けたように膝をついた。

「駄目だよ。ルーン魔術師に、近づいちゃ」

「く、くそが……。いつの間にそんな準備を……。……っ！　そうか、あいつの、ガルマの持っていたルーンか……。だが、この程度でわたしが倒れると思うなよ……」

ゼフはなんとか立ち上がった。【人化】できるだけの魔族なだけはある。

「ミラ！　お願いだ！　人を集めてくれ！　こいつは、逃がしておけない！」

「……っ！　わかりました！」

茫然としていたミラに言うと、彼女は走り出す。

腕の自由を取り返したゼフが、再度俺に剣を振るおうとしていた。

その背後。

化け物がいた。

いや、一瞬そう見えるほどの男、血まみれのレグルス・ラズバードがすさまじい殺気を放って剣を振りかぶっていた。

ゼフもその殺気に気付き、俺のことなんて忘れてしまったかのように振り返る。

「【剛破斬《ごうはざん》】！」

「【魔硬斬《まこうざん》】！」

互いに、剣の威力を強化するスキルを使用しての一撃が交わる。

グワァン、と空間ごと揺らしたような強烈な金属音が響いた。

ゼフとレグルスが剣を交える。それだけで、一瞬時間が止まった。

「俺を無視か！　ゼフ、お前が俺の強さを知らないわけないよなぁ！」

盛り上がる筋肉と、強大な魔力をまとうレグルスがそう言った。

「まさかそれだけの傷でまだ動けるとは。仕方ありません。レグルス、あなたから始末しましょう」

「やれるものならやってみろ！」

俺は咄嗟に身を引いた。

距離を取らないと、レグルスの邪魔になりそうだ。

二人が剣を打ち合う。激しい音が謁見の間に何度もこだまする。

二人の実力はかなり拮抗《きっこう》しているように見えた。

だが、レグルス国王が傷を負っているということもあってか、少しだけゼフが有利そうだ。レグルスが負けるのは時間の問題かもしれない。

何か一歩だけでも、レグルスが有利になるものがあれば。

一つだけ、ゼフの対抗策になるようなルーンを俺は知っていた。

だけど、書く道具は？

ペンがない？

紙がない？

インクがない？

そんなこと、関係ない。

俺は、右手の親指の腹を口元に当てた。

ペンなんて、指先でもいい。

紙なんて、地面でいい。

インクは、ここにある。

ガリッ。

俺は皮膚を噛みちぎった。

痛みと共に、親指の腹からじわじわと血がにじみ出てくる。

この方法は嫌いだ。

まず、痛い。それから、血はなかなか延びないから、血でルーンをうまく書くのは、相当の出血量がないと難しい。

指の腹を噛みちぎった程度の傷では、インクで書くみたいにするする書けるはずもない。

だから、どうしても時間がかかる。

敵がいる前では、今みたいに誰かが押さえつけてくれるこんな状態でもなければ、血を使ったルーンは書けない。

俺は親指を絞るみたいに握る。

じわりと浮かび上がる血が真っ赤な球を指先に作る。

それを俺は謁見の間の地面に垂らした。

ごめんなさい。汚してしまって。

俺は丁寧に、指を滑らしていく。

インクとは違って、やっぱり書きづらすぎる。

その間も、耳をつんざくような剣と剣とのぶつかり合いによって生じた音が聞こえてくる。

「くっ！　がぁあ！」

国王様の悲痛な声。

だけど、今の俺にそっちを向く余裕はなかった。

あと、少し。あと少しだ。

親指を絞る。

そして、ルーンが完成したその時。

「何をしている！　ルーン魔術師イイィィィィィィィィイイイイイイッ！」

ドンっ！

という強烈な地面を蹴る音。

俺の前に、ゼフが走ってきていた。

そして、強い痛み、いや、もう痛みなのかもわからない感覚が腹を貫く。

下を見ると、ゼフの剣が俺の腹を貫いていた。

「ハッ！　殺《や》った！」

ゼフの喜びに満ちた声。

でも、ひどい痛みに視界が歪む中、俺は言った。

「ダメだって言ったよね。ルーン魔術師に近づいちゃ」

「っ！　きさ、まっ！」

俺は腹に剣を突き刺したゼフの腕をつかんだ。

痛みに、力が抜けそうになるけど、あと数秒。絶対に放すもんか。

【魔封《まふう》】のルーン、起動」

俺が書いた血のルーンが輝き、そこから無数の光の縄が伸びる。

「く、貴様！　放せ！　な、なんだこの光は！」

光がゼフに巻きついていく。

それと同時に、角が引っ込み始め、翼も薄れていく。そして、体色も人間のものへと近づいている。

「な、これは、【人化】ではないっ⁉　わたしの、わたしの力そのものが、封じ込められている……？　一体、何をした！」

「師匠が、教えてくれた、対魔族用のルーン。【魔封】のルーン。まぞく、のまりょ、く、をかんぜんにおさえこむるーん、だ」

欠点は、射程が短いことと魔族以外に効果がないこと。

だけど、それだけに魔族には効果絶大だ。

ゼフの手から力が抜ける。

完全に戦う前の姿に戻ったゼフは、地面に倒れ込んだ。

「……お前からきっちりと殺しておくべきだったな」

そう言ったゼフに、レグルス国王が歩いてきて言う。

「ヴァン殿のあの身のこなし。そうは言っても簡単には殺せなかっただろう。ヴァン殿に意識を向けながら、お前は俺の攻撃を全て躱《かわ》せたか？　お前が俺に意識を向けていたからこそヴァン殿は入ってこれなかったが、ヴァン殿に意識を向けている隙を俺は突けるぞ。ゼフよ」

「ふふふ。そう、ですか。では、どうしようと負けていたということですね。いやはや、相手が悪い……。だが、ヴァン。その傷、どうしますか？　わたしの感触で言えば致命傷ですよ」

ゼフが最後に勝ち誇ったように言った。

だから、俺も勝ち誇って言ってやった。

「だい、じょうぶ、ですよ。【ちゆ】の、るーんで、なおり、ます。こくおうさま、けんを、ぬいてください」

「わ、わかった！」

国王様が腹の剣を抜いてくれる。

激痛が走る。それに意識を持っていかれそうになるけど、俺はなんとか耐えていた。

ぼやける視界の中、俺は自分の腹から血を掬う。

そして、自分に【治癒】のルーンを。

って、あ、あれ……。

てが、ふるえて、うまくかけないや。

それに、すごくさむい。

なんとか書き終わったと思ったルーンは、発動しなかった。

多分、ちゃんと書けてないんだ。

「ヴァンっ！　大丈夫か！　しっかりしろ！」

レグルス国王が言ってくれるが、俺はもう、眠くてしょうがなかった。

ここ、までか。

でも、最後に、アリシアも、レグルス国王も、この国も救えたんだ。

上出来だろ？　師匠。

目を閉じようとした時、俺の手を温かくて、柔かい何かが包んだ。

「ヴァン！」

目を開けると、そこにはアリシアがいた。

きっと、戦いが終わったとわかり、自分で【結界】のルーンを破壊したのだ。

アリシアは血で濡れた俺の手を、自分の手が汚れることなんて意にも介さず握ってくれていた。

「ありしあ……」

「このルーンですね！　これをヴァンに書けばいいんですね！」

俺が書いて失敗したルーンを見てアリシアは言った。俺が答えるよりも早く、アリシアは俺の血を掬って、俺の体を指先でなぞる。

書けるだろうか？

きっと、俺の書いたルーンはぐちゃぐちゃだ。

原型はあるかもしれない。だけど、そこから効果が出るほどまで、復元できるだろうか。

いや、信じよう。

この子の才能と努力を。

俺が教えてきたことを。

俺は目をつぶって待った。目を開けるのも、もう辛かったんだ。

十秒ほどして、アリシアの指が止まる。

「お願いッ……！」

アリシアの祈るような声が耳に入ってくる。ルーンに魔力が込められたのがわかった。

温かい、そんな感覚が体を包み込む。

痛みが薄れていく。

死んだのか？

いや、俺は呼吸をしていた。心地のいい呼吸を。

体に力が戻ってくる。

ゆっくりと、俺は目を開けた。

「ヴァン……」

顔をぐしゃぐしゃにしたアリシアがそこにはいた。

俺は腹に手を当てる。傷はふさがっていた。

ああ。アリシアを安心させてあげないと。

俺はこう言った。

「ありがとう。アリシア。助かったよ」

「ヴァン！」

飛びついてくるアリシア。

支え切れなくて後ろに倒れる俺。

出血が多かったのだろう。少しだけぼーっとする。

でも、泣きじゃくるアリシアの重みを俺はこの体でしっかり感じ取っていた。

「ヴァン！　よかったです！　無事で。本当に、心配しましたよ！」

「あはは、ごめんね。アリシア」

俺は覆いかぶさるように抱きついて泣きじゃくるアリシアをどうすればいいのか、と完全に持て余していた。

そんな中、一つ咳《せき》ばらいが入る。

「ゴホンっ」

レグルス国王様のものだ。

それにアリシアも振り返る。

「お父様……」

「アリシア。ヴァンに抱きつくのは後にしなさい」

後でも問題があると思うんですが？

国王様？

「はい……」

アリシアが俺から離れる。

なぜだか、すごく残念そうに見えるのは気のせいだろう。

「立てるか？　ヴァン」

「あ、はい……、う、おっと」

起き上がろうとすると足がふらついた。

「ヴァン!?」

咄嗟にアリシアが支えてくれる。

どうやらかなり出血してしまったようだ。頭もぼーっとする。

「ふむ。肩を貸そう」

「ありがとうございます」

このままではまともに歩くこともできないだろうし、俺は好意に甘えてレグルス国王様の方に寄り掛かる。

「ヴァン殿。一つ聞いてもよろしいでしょうか？」

ゼフさんが、戦う前の口調でそう言った。

こう聞くと、本当に不思議な感じだ。彼が敵だなんて、ましてや魔族だなんて考えもつかない。

「なんでしょうか」

「わたしを拘束《こうそく》しているこのルーンを、あなたは師匠から教わったと言いましたね？」

「……ええ。言いました」

「もしや、その師匠というのは、クロノスというお方でしょうか」

「っ！　師匠を、知っているのですか？」

俺は驚いていた。

俺が、グラン王国に軟禁されていた頃、何度か【導き】のルーンで師匠のいる方角だけでも探そうとしたことがある。

だけど、反応は全くなかった。

見つからないように何か対策をしているのだろうと思っていたし、だから師匠を探すのは半ばあきらめていた。探して見つかるような人でもないし。

だけど、ここに来て師匠を知る人に出会うとは……。

そんな俺の驚きようを見てかゼフさんは笑う。

「やはり、そうでしたか……」

「それで、ゼフさんは師匠を知っているんですか？」

「見たことはありません。ですが年に数回、魔族領から送られてくる定期連絡に、クロノスというルーン魔術師に手を焼いていると書かれていました。実際にわたしもクロノスという男を見ていたら、もう少し早くあなたと結びつけられていたでしょうね」

「ということは、師匠は魔族領に……？」

「さあ。今はどうでしょうか？　定期連絡が来たのは半年前が最後です。もしかしたら、もう魔族領にはいないかもしれませんね。ただ魔族領に行けば、手掛かりくらいはあるでしょう」

「……。よくしゃべりますね。どうしてそこまで教えてくれるんですか？」

ゼフさんの言ってることは本当だろうか。

少し、饒舌《じょうぜつ》すぎる気もした。

怪しむ俺にゼフさんは笑って言う。

「誰かと世間話するのはこれで最後でしょうからね。話したくもなるというものですよ。きっと、わたしは近いうちに処刑されるでしょうし。ですよね？　レグルス国王陛下」

レグルスは重々しく口を開いた。

「そうせざるを得ないな。ヴァン。この拘束はどれほど持つ？」

「一日は持ちますよ。あと、ルーンを新しく書けばいいだけなので、ルーンの効果が消える前に新たなルーンを使えばずっと持ちますが」

「わかった。感謝する。数日のうちに、どうするか決めよう」

レグルス様はそう言うけど、まあ、多分処刑するのだろう。

アリシアがいる手前、はっきりと言うのを避けたんだ。

「さて、一日は持つというなら、ヴァンはしばらく休むといい。今君に必要なのは食事と休息だろう」

「そう、ですね。お言葉に甘えます」

正直、体はすごくだるい。

できれば、寝たい。

そんな時だった。

「ヴァン！　ディアンを連れてきました！」

「大丈夫か!?」

謁見の間に飛び込んできたのはミラとディアンだった。

「二人とも。もう、大丈夫だよ。全部終わった」

「そ、そうか……。その傷は？　大丈夫なのか？」

ディアンが血まみれの俺を見てそう言った。

「アリシアに治してもらったから大丈夫」

「そ、そうか。それで、これは何があったのですか……。ミラに呼ばれて来てみれば……。ぜ、ゼフ宰相？　どうして、縛られているのですか？　それに、そのゼフを縛っている光は……」

「ディアン。全て、後で説明しよう。それよりも今は、アリシアとヴァンを頼んでもいいか？」

「わ、わかりました。ヴァン、こっちに体重をかけろ」

俺は、国王様から離れ、そう言うディアンの肩を借りる。

「俺はゼフと話がある。行け」

「レグルス様」

「どうした？　ヴァン」

「後でもいいので、アリシアとも話をしてあげてください」

レグルス様は、一瞬目をつぶった。もう一度目を開くと、俺の目を見て言った。

「わかっている」

優しい目をしていた。

それを最後に、俺は謁見の間を立ち去った。

＊

あれから、数日が経った。

俺の体調はちゃんと戻った。

謁見の間に入るとそこには、国王様、アリシア、ディアン、ミラの四人がいた。

ゼフさんの姿はなかった。

ついでに言うと、俺たちがここで戦った痕跡《こんせき》もきれいさっぱりなくなっていた。

「すまないなヴァン。ここまで来てもらって。それに報告するのも随分遅くなってしまったな」

「いえ。皆さんお忙しそうだったので。俺は構いませんよ」

ゼフさんがいなくなった後の対処は大変だっただろう。

ゼフさんはこの国に取り入るためにちゃんと仕事はしていたと言っていたけど、それをそのまま鵜《う》呑《の》みにするわけにもいかないようで、ミラもディアンも暇さえあれば書類とにらめっこをしていたし、アリシアもそれを手伝っていた。

俺は、そもそも何が正しいのかもわからなかったから書類は見ずに、ガルマとの戦闘でめちゃくちゃにしてしまった王宮の裏手にある森の手入れにいそしんでいた。

ディアンとミラですら忙しそうにしていたのだから、国王様はもっと忙しかったのだろう。実際ここ数日一度も姿を見ていなかった。

「さて、まずはこいつについて話そうか。入ってこい！」

国王様がそう叫ぶように言うと、謁見の間の入り口の方からやってきたのは、ラズバード王国の兵士と、縛られるようにして連れてこられたガルマだった。

流石に、ゼフさんと協力していたガルマを逃がすわけにはいかないだろうと思って、逃げる前にちゃんと捕まえてもらっていたのだ。

「ヴァン……」

ガルマは、虚ろにそう呟くだけだった。

「さて、こいつをどうするか……。本来なら死罪、だが、今回はグラン王国に強制送還《きょうせいそうかん》という形を取りたいと思っている。ヴァンはどう思う？」

多分、そこにはいろんな政治的な思惑《おもわく》があるのだろう。

俺も反対ではなかった。

「俺もそれでいいと思います。きっとグラン王国には、彼が必要でしょうから」

「ヴァンは直接こいつに命を狙われたそうじゃないか。本当にそれでいいのか？」

「はい」

俺が頷くと、ガルマが口を開いた。

「ヴァン。本当に、ありがとう。俺も、俺にできることを探してやってみる」

「うん。それでいいと思う」

「連れていけ」と、レグルス国王が言う。

こうして、ガルマは謁見の間から出ていった。

「さて、ヴァンよ」

レグルス国王様が俺の名前を呼ぶ。

「お前は、どうしたい？」

「どう、ですか？」

「ああ。俺としては、もうしばらくこの国に残ってもらいたい。前にも言ったと思うが、国を挙げて正式に礼を言いたい。それに今回のことも重なり、お前への感謝は、言葉や勲章《くんしょう》なんかでは表し切れない」

うーん。お礼を言われるのは、まあ、うれしいけど。流石にそこまでしてもらわなくてもなあ。

「そう困った顔をするな」

そんなに顔に出てたかな……。

自分の顔を確認するすべもなく、俺はとりあえず笑っておいた。

「それに、今言ったことは、あくまで『俺としては』だ」

「えっと、どういうことでしょうか」

「ヴァンは師匠とやらを探しに行きたいんじゃないか？」

そう言われて、ドキッとする。

それは、ここ最近よく考えていたことだったからだ。

十年ぶりに居場所のわかった師匠。

まだ、魔族領にいるのかはわからないけど、何もわからないよりかはだいぶん探しやすいはずだ。

それに、修行はひどかったとはいえ、俺に生き方を教えてくれた恩人だ。

会いたいかどうか、と言われれば会いたい。

「だから、俺は無理に残れとは言わない。この国を救ってくれた君の意見を尊重したい」

レグルス国王様はそう言ってくれた。

どうしようか……。

ふと、アリシアとも目が合う。

アリシアはなんて言うんだろう？

少しだけ、気になったから目が合ったのかもしれない。

アリシアは、柔らかく笑った。

「わたしのことは、お気になさらないでください。ヴァンが行きたい道を選べばいいんです。ミラ、ディアン。それではわたしたちは、行きましょうか。いろいろとしないといけないことも残っていますし……。わたしたちはこれで失礼しましょう」

アリシアはそれだけ言って、ここから立ち去った。ディアンとミラも何も言わずに、アリシアを追っていった。

「まあ、ゆっくりでいい。ずっとここにいるでも、師匠を探しに行くでも、あるいは気が向いたら出ていくでも好きに選べばいい。アリシアが言うようにな。ただ、どちらにせよ一言貰えると俺としてはありがたい」

「……わかりました」

俺はそう言って、いろんな思いを胸に、謁見の間を立ち去った。

エピローグ

謁見の間を出て、ディアンはミラとアリシアについてアリシアの部屋までついてきていた。

謁見の間で、ヴァンに声をかけてからというもの、アリシアは一度も口を開いていない。

笑ってはいるものの、無理をしているのはすぐにわかった。だからこそ、少し心配になる。

目の前のアリシアになんと声をかけていいのかわからないディアンは情けなくなる。

この国のために、アリシアのために身に付けた強さもこんな時は意味をなさない。

「本当に、よかったのですか？」

そう言ったのはミラだった。

「なんのことですか？　ミラ」

アリシアの声は震えていた。

いや、声だけじゃない。よく見れば、肩も震えている。

「アリシア様はヴァンに残ってもらいたかったのではないのですか？」

沈黙が降りる。

何秒続いただろう。

いや、何分だったかもしれない。

顔をうつむけたアリシア様がゆっくりと息を吐いて、今にも消え入りそうな、呟きにも似た声で言った。

「ヴァンは……。優しいですから。わたしが残ってほしいと知ったら、きっと、ここに残ってくれます」

「でしたら……」

「ようやく」

　ミラの言葉を遮ってアリシアが言った。

　ディアンもミラも目を見張っていた。

「ようやくヴァンは自由になれたんです。十年間も軟禁をされていたヴァンの自由を、どうして、わたしがもう一度奪えるでしょうか」

「アリシア様……」

「この短い期間で、わたしはもう、多すぎるほどのものをヴァンから貰いました。これ以上なんて、望めませんよ」

　大きな瞳が、じわりと歪む。

　そこから、こぼれ出たのは大粒の涙だった。

　それはアリシアの頬を伝って、そのまま膝に落ちて服を濡らしていた。

「ふぅ……。くぅうぅ……」

　小さく、声を押し殺して泣くアリシア。

　涙を拭くのも忘れて、ただ、声が漏れないようにと小さな手で服を握りしめていた。ぼろぼろと落ちていく涙は止まる様子を見せない。

「アリシア様」

ミラが、アリシアを抱きしめる。

その胸に顔を押し付けて、アリシアは泣き続けた。

ディアンは部屋を出る。

あのままあそこにいても、できることはないだろうし、それに、見てはいけないもののような気がしたからだ。

ヴァン。と、アリシアの救世主の名前をディアンは心の中で呟いた。

俺はアリシア様のためにお前に残ってほしい。

だけど、アリシア様がここまで覚悟を決めているんだ。お前が出ていくとしても何も言わない。

それでも、俺は願う。

アリシア・ラズバードという一人の少女を、忘れないでほしいと。

それが、ディアンの思いだった。

＊

自由ってなんだろうか。

ふと、そんなことを考えた。

外に出て、いろんな場所に行けることだろうか。

誰にも、何も命令をされないことだろうか。

なんか両方違う気がした。

グラン王国の王宮にいた時は、外にも出れなかったし、命令されっぱなしで働いてたけど、そのどちらもなくなったって言っても、自由になったとはいえないいんじゃないかって今は思う。

アリシアの言葉を俺は部屋の中で一人、何度も思い出していた。

『ヴァンが行きたい道を選べばいいんです』

自由っていうのは、多分、選ぶこと。

自分で選べること。

今はそんな気がした。

俺は、選ばないといけないんだ。

一人で師匠を追うのか、アリシアたちとここに残るのか、それとも、他の何か、か。

どちらにせよ、これから自分がどうするのかを選ぶ必要がある。

俺が選んで。

それで、初めて『自由』なんじゃないだろうか。

「俺は……」

＊

気持ちのいい朝日が窓から差し込んで、俺の瞼を優しく照らした。

その光に、俺はゆっくりと目を覚ました。

今は何時だろう。

そう思って時計を見ると、すでに九時を回っていた。

体調はそこそこよかった。

だるい感じはない。

ベッドから降りて、ローブに着替える。

ルーン魔術を使うための道具をたっぷりとポケットに突っ込んでいく。

準備が終わり、俺は一つ息を吐いた。

「よし。行こうか」

俺は自分にそう言って、部屋を出る。

俺が向かったのはアリシアの部屋だった。

一番最初に、アリシアに言っておいたほうがいいだろうと思ったから。

もうこんな時間だけど、アリシアは部屋にいるだろうか。

扉をノックすると、「少々お待ちください」とミラの声が聞こえた。

ミラがここにいるなら、きっとアリシアもいるだろう。

扉の前で待っていると、扉が開く。

いつものメイド服を着たミラがそこにはいた。

「ヴァン……。おはようございます」

俺が来たことに少し驚いていたようだったが、ミラはすぐに表情を直してそう言った。

「アリシアはいますか？」

「はい。こちらにおられます」

「入ってもよろしいでしょうか？」

「……。決めたんですね」

「はい」

「どうぞ」

そう言って、ミラは俺を迎えてくれた。

アリシアは椅子に座っていた。

きれいな白を基調としたドレスと、桃色のきれいな髪が陽光に照らされていた。

そんな彼女と目が合う。

「おはようアリシア」

「あ、えっと、おはようございますヴァン。今日は、どうされましたか？」

「これから、どうするか決めたから。アリシアには先に言っておこうと思って」

「そうですか。決めたんですね」

「うん。俺は……」

緊張する。

ちょっと怖いのかもしれない。

アリシアに言うのが、じゃない。

言ってしまえば、俺の道が決まってしまうことが。

間違ってないだろうか、俺の選んだ道は？

いや、そうさ。

間違うことも自由さ。

それに、間違えたらまた選び直せばいい。

それができるのも自由だ。

「ヴァン？」

俺が何も言わないから、アリシアは心配そうな顔をしてこっちを見ていた。

俺は、しっかりと言葉にした。

「俺はラズバード王国に残るよ」

「ほ、本当ですか？」

「あー……。ええっと、何かまずかったかな？　あ、もちろん、王宮にずっとお世話になるわけにはいかないってわかってるから。そのうち住む場所とか王都で探そうと思ってるんだけど」

「い、いえ！　残るなら王宮にいてもらえれば！　でも、どうして？　お師匠様のことは、いいのですか」

「師匠は、まあ、大丈夫。そもそもあの人の居場所がわかったからって探して見つかるかもわかんないし、それに、アリシアにルーン魔術を教えといて、中途半端に投げ出したって知られたら、怒られちゃう気がするんだ」

「それが……。理由ですか？」

俺は、首を横に振った。

それは師匠に会わなくてもいい理由だ。

俺がここに残ると決めた理由は……。

「ううん。みんなと一緒にいたいって思ったから。じゃ、ダメかな？」

俺はここで満たされたんだ。

あの空虚《くうきょ》な軟禁されていた十年間で、得られなかったものがここにある。

そう思って決めた道だった。

アリシアはうつむいていた。

あれ、もしかしてアリシアは残ってほしくなかっただろうか？

俺が不安に思っているとアリシアは椅子から跳ねるように降りた。

「では、行きましょう！」

「えっと、どこに？」

「お父様のところです！　ちゃんと報告しませんと」

「う、うん。そうだね」

もちろん、この後行く予定だったから、かまわないのだが。

アリシアが俺の手を取った。

そして、俺を引っ張るように走り出す。

「あ、アリシアっ!?」

「危ないですよ！　アリシア様！」

ミラも驚いている。

俺はアリシアに連れられて部屋を出る。

小走りに歩きながら、アリシアが俺の名前を呼んだ。

「ヴァン」

「は、はい?」

「またルーン魔術を教えてくださいね」

振り返った笑顔には、少しの涙が浮かんでいるような気がした。

でも、すぐにアリシアは前を向いたから、本当に気のせいだったのかもしれない。

俺はアリシアの背中に、こう言った。

「もちろんです」

そうして、俺はアリシアに連れられて王宮の中を駆けていく。

これが、俺の選んだ自由の形だった。

あとがき

本書を執筆した感想とか、そういうのを少し、語ろうかな、と。大したことではないかもしれませんが、多分自分にとっては大事なことです。

まず、楽しかったです。感情的には、これが一番大きな割合を含んでいると思います。

それから、やはりもっと面白くなったんじゃないか、という疑問もあります。

このことに対して、一つだけ言うとしたら、今出せる全力は尽くした、という点でしょうか。まだまだ修行中の身でありますゆえ、ご容赦を。

あとは、話には聞いていましたが、本にするというのは凄く大変なことだ、というのを身をもって実感しました。多くの人の力をお借りして、一冊の本が出来上がる。それを経験できたのは自分にとっても価値のあることだったと思います。

まあ、これくらいですかね。さて、何か語れることも自分は持っていませんのでここら辺で、と言いたいところですが、もう少々あとがきを書かねばならないようです。

本を出版するということになる前は、あとがきでこんなこと書いてやろうとか、あんなこと書いてやろうとか、いろいろと妄想していたはずの自分ですが、いざ書こうとなるとこれといったことが思いつかない次第でございました。

多分、本を読んでいるだけの時と、いざ出版するという現時点では、大きく立っている位置が違っていて、あとがき一つの見方、意識も変わったのかなって思います。

また自分が素晴らしいあとがきを書いているところをどこかで見つけてくださったら、その時は、「あ、こいつあとがき成長してんな」と言ってもらえるとうれしいです。

最後になりましたが、謝辞《しゃじ》を。

担当編集のK様。右も左もわからない自分に、手取り足取り教えていただきありがとうございました。K様の御尽力が無ければ、ここまで来れていなかったと思います。浮き沈みが激しく、扱いにくいだろう自分を最後まで見捨てずにいただけて本当に感謝しております。

イラストレーターのこちも様。素晴らしいイラストをありがとうございました。自分の作品に絵がつく、ということに実感が全然湧いていない自分でしたが、初めてイラストを拝見した時の感動は今でも憶《おぼ》えております。本当にありがとうございました。

そして、ウェブ上で連載している時から応援してくださった皆様と、本書を手に取っていただいた方の全てに感謝を申し上げます。本当に、ありがとうございました。

どこかで、言ったようなセリフですが、この本に関わっていただいた皆様には、感謝しかありません。

またいつか、出会えたその時には、どうぞよろしくお願いいたします。

BKブックス

門外不出の最強ルーン魔術師

～追放されたので隣国の王女と自由に生きます～

2021年10月20日　初版第一刷発行

著　者　消《け》し炭《ずみ》

イラストレーター　こちも

発行人　今 晴美

発行所　株式会社ぶんか社
〒102-8405　東京都千代田区一番町29-6
TEL 03-3222-5150（編集部）
TEL 03-3222-5115（出版営業部）
www.bunkasha.co.jp

装　丁　AFTERGLOW

編　集　株式会社 パルプライド

印刷所　大日本印刷株式会社

ISBN978-4-8211-4607-9

Printed in Japan